Os cristais do sal

# OS CRISTAIS DO SAL

## Cristina Bendek

Tradução de Silvia Massimini Felix

© Moinhos, 2021.
© Cristina Bendek, 2018.
*Este livro foi publicado com o apoio do Reading Colombia.*
*Uma seleção de autores colombianos contemporâneos do Ministério da Cultura da Colômbia.*

*Edição:* Camila Araujo & Nathan Matos
*Assistente Editorial:* Karol Guerra
*Revisão:* Ana Kércia Felipe Falconeri
*Diagramação e Projeto Gráfico:* LiteraturaBr Editorial
*Capa:* Sérgio Ricardo
*Tradução:* Silvia Massimini Felix

Dados Internacionais de Catalogação na Publicação (CIP) de acordo com ISBD

B458c
Bendek, Cristina
Os cristais do sal / Cristina Bendek ; traduzido por Silvia Massimini Felix.
Belo Horizonte, MG : Moinhos, 2021.
196 p. ; 14cm x 21cm.
Tradução de: Los cristales de la sal
ISBN - 978-65-5681-054-6
1. Literatura colombiana. 2. Romance. I. Felix, Silvia Massimini. II. Título.

2021-790
       CDD 868.9936
       CDU 831.134.2(862)

Elaborado por Vagner Rodolfo da Silva — CRB-8/9410

Índice para catálogo sistemático:
1. Literatura colombiana 868.9936
2. Literatura colombiana 831.134.2(862)

Todos os direitos desta edição reservados à Editora Moinhos
www.editoramoinhos.com.br
contato@editoramoinhos.com.br
Facebook.com/EditoraMoinhos
Twitter.com/EditoraMoinhos
Instagram.com/EditoraMoinhos

## Sumário

I. A maldita circunstância     9
II. Anotações de regresso     27
III. Divisões     45
IV. *Likle Gough*     61
V. *Bowie gully*     85
VI. Os papéis do tempo     109
VII. North End     115
VIII. Os cristais do sal     129
IX. Iguanas no telhado     149
X. O Caribe sul-ocidental     161
XI. Crioulos e chuva     175
XII. Otto     189

*Para as ilhas, para o seu poderoso espírito.*

*Aos meus pais e meus avós.*
*Às minhas irmãs, Karen e Angela. Ao meu irmão, Antonio.*
*A todos os meus amigos, que imprimiram seu ritmo a estas linhas.*

*Para Aura María, que descansa no mar.*

*Pretend that this is a time of miracles and we believe in them.*
Edwidge Danticat, Krik? Krak!

*Se quisermos que tudo continue como está,*
*é necessário que tudo mude.*
Giuseppe Tomasi di Lampedusa, O leopardo

## I. A MALDITA CIRCUNSTÂNCIA

Eu sou desta ilha do Caribe.

Nasci há vinte e nove anos numa curiosa formação de coral, a casa de um monte de gente que veio confluir aqui, nem todos de boa vontade. Mal reconheço esse núcleo surrealista do qual me autoexilei há quinze anos, de onde saí correndo quando todos os que podem fogem, depois do colégio. Os mosquitos ainda não me reconhecem, nem o sol, e sou mais estrangeira que nativa. As gírias, o jeito de falar, a maneira de se movimentar e fazer as coisas me parecem exóticos agora, em vez de comuns, como antes. Cada palavra mal pronunciada ativa um alarme, cada sinal de intimidade excessiva e cada arranjo improvisado, a falta de vontade e a sensação de que tudo é feito pela metade. Tudo isso parece estar tocando em portas fechadas, levando a despertar uma horda de habitantes desconhecidos, adormecidos, dentro de mim.

Meu solo natal é uma ilha diminuta num arquipélago gigante que não consegue sair completo nos mapas da Colômbia. A vida aqui é como um diálogo aberto entre os anseios e a letargia, sente-se a passagem do tempo nos metais enferrujados, nos coqueiros que já não dão coco e nos rostos de pele curtida. Voltei a ver esses rostos, esses olhos inquisidores, nos primeiros dias, quando quis ir ao sul e tomei o caminho errado. Contrariando todas as expectativas, me perdi num trajeto circular que, depois de uma hora de percurso, nos leva ao mesmo ponto do início. O ônibus me deixou num lugar da avenida Circunvalar, entre a Caverna de Morgan e El Cove. Então tive tempo para pensar, no abrasador caminho de uns três quilômetros, até que apareceu outro ônibus que vinha da estrada Tom Hooker. Sob o sol da tarde, achei que eu tinha andado o triplo, senti que a ilha se ampliava a cada passo que eu dava, que assim zombava de que eu a achasse tão pequena, tudo sempre com o mar por todos os lados.

As alergias das picadas nas minhas pernas, grandes círculos rosados que no primeiro dia me deram um susto, vão cedendo depois de duas semanas de ataque. A brisa é úmida e fresca a essa hora. A varanda dos fundos do segundo andar é meu refúgio, uma alternativa para escapar ao calor da casa. Não tenho ar-condicionado, mas tenho uísque. Uísque barato, Black & White. É o que havia na loja. Minha mesinha de apoio é uma caixa de som velha revestida de madeira, na qual se vê o círculo líquido do fundo do copo, molhando um par de folhas soltas que decidi encher de rabiscos. Sou uma moradora a mais num longo verão, outra das que saem para refrescar o suor nos terraços na hora que as cigarras começam a cantar, e o vento levanta o pó de ruas cheias de gente.

Um trago frio desce pela minha garganta. O barulho do gelo derretendo no copo. Ah, desse barulho nasce agora um prazer discreto, uma calma na qual minhas costas, doloridas, se relaxam, meus braços se soltam. Ouço relinchos, bufadas. O galo do vizinho canta a essa hora, como em outra qualquer. Canta quando lhe dá vontade. Os animais anunciam o fim do dia, eu o recebo bebendo para me perder entre os ruídos e os pontinhos lá no céu, nas constelações que nos olham como sempre, visíveis aqui, longe da cidade.

Cidade, minha nova versão de inferno.

Há um mês, olhava pela minha janela de altura dupla para a cafeteria estrangeira que fica na esquina da rua Río Balsas, no México, quando soou o interfone. Cinco andares abaixo, o porteiro me avisava que traziam um pacote para mim, pedi a ele que deixasse a pessoa subir e esperei na porta. Do elevador saiu o motorista do meu ex. Vinha me deixar uma caixa com correspondências enviadas antes que eu me mudasse, e uma cartinha colegial com uma letra desengonçada que me pedia um momento para conversar. Disse ao motorista que esperasse e escrevi no mesmo papel: "Não". Entrei, joguei a caixa no chão, vesti uns jeans desbotados, tênis e camiseta branca, e saí para andar de novo pela cidade, ainda sem ter tomado banho. Fui percorrer a cidade com calma, como fazia quando era recém-chegada, quando ainda ficava deslumbrada com as fachadas neocoloniais, o *art déco* e os monumentos à História.

Meu divórcio, como costumo chamá-lo, coincidiu com um telefonema da encarregada de cuidar desta casa na ilhota. Dos seis mil quilômetros dos quais me falava com aquele sotaque que desde criança sempre associo ao carinho, me contou que estava vendendo suas coisas para deixar San Andrés definitivamente. Sua mãe estava doente e sozinha num povoado de Sucre, e além disso a vida aqui lhe parecia cada vez mais angustiante. Ela me pedia indicações sobre com quem deixar as chaves da casa a partir de meados de julho. Eu lhe disse que telefonaria para ela na segunda-feira seguinte e desliguei. Pensei num milhão de coisas, mas para mim foi muito fácil unir os pontos.

Naquele sábado, depois de desligar, comecei contando meus passos, que sentia retumbar nas têmporas, ainda aturdida por uma recente recaída. Caminhei sem parar, prestando atenção nos bares e restaurantes vazios. A essa hora o bairro ainda estava desabitado, ao contrário do centro da cidade. Não cumprimentei ninguém no percurso, apesar de os rostos serem todos conhecidos meus. Depois de um tempo, de um certo número de contatos e de rotinas diárias, a gente começa a sentir qualquer lugar como uma aldeia, por maior que seja.

Andei até que perdi a conta, teria chegado até a Basílica de Guadalupe, até o Cerro del Tepeyac, mas voltei atrás na Glorieta de Cuitláhuac em direção à avenida Juárez. Passei o Palacio de Bellas Artes e o imponente edifício dos correios, tomei o calçadão da Madero até o Zócalo, comecei a ver pessoas repetidas, constantemente, como se meu entorno estivesse se ampliando, se desdobrando como se desdobra um maço de papel picado, à minha direita, à minha esquerda, com figurinhas iguais, sobre um fundo estéril de concreto. A melodia que vinha do realejo da esquina, acionado com uma alavanca pelo braço cansado do pedinte, me fez ver a cidade como a paródia de um circo barato. Depois de ver a bandeira esvoaçante na Plaza de la Constitución e as tendas brancas de uma longa vigília pelos estudantes desaparecidos de Ayotzinapa, voltei ao bairro Cuauhtémoc. Peguei o Paseo de la Reforma até a zona coreana, olhando de novo para a coluna de Niké, disposta no meio de uma rotatória no cruzamento com a avenida Florencia.

Recordei como me sentia poderosa quando via o anjo banhado em ouro. Pensei que era outra a pessoa que desfrutara dessas noites calmas, quando encontrava algum lugar para sentar e ficava absorta olhando para a deusa iluminada pelo neon violeta, vendo a sombra imponente do leão de bronze projetada nas fachadas dos arranha-céus. A deusa, sua voz que antes soava na minha cabeça, ficou calada, não interrompeu meu mal-estar nem minhas dúvidas, como se essa parte da minha consciência tivesse me dado permissão de me entregar. Olhei-a de relance, com tristeza submissa, sem forças para sentir raiva.

Peguei o celular e pus os fones de ouvido. Liguei para uma colega do escritório em que eu trabalhava e que morava ali perto, combinamos de nos encontrar num café. Eu precisava de ajuda com um pedido de seguro e duas renovações, contei-lhe que ia viajar por algumas semanas, talvez alguns meses. Ofereci-lhe parte das minhas comissões para que cuidasse da minha clientela pelo tempo em que eu estivesse longe, "quanto tempo você vai ficar, então? E Roberto?", perguntou com seu acentuadíssimo sotaque *chilango*.[1] Observou-me com seus grandes olhos escuros, sombreados. Quem sabe quanto tempo, eu disse. Fiquei umas duas horas com ela e telefonei, no caminho de volta, para uma pessoa que eu sabia que ficaria interessada na cessão do meu contrato de aluguel recém-renovado. O apartamento, de dois quartos e uma imensa sala de estar, ficava num edifício que ganhara prêmios de arquitetura, de estilo funcionalista. Eu tinha levado bastante tempo para ajeitá-lo do jeito que eu queria, estava mobiliado parcialmente de um jeito eclético e se localizava no centro, mas era silencioso. Eu alugaria apenas um depósito para guardar alguns móveis e umas tantas roupas que não me serviriam de forma alguma no Caribe.

Fui embora angustiada, embora na verdade a cidade não tenha me oposto resistência. Claro que me chamaram, amigos, colegas, potenciais novos amantes. Claro que eu teria suportado mais, po-

---

[1] *Chilango* é um termo utilizado para se referir a uma pessoa nascida na Cidade do México. (N. T.)

rém para quê? Poder só para demonstrar que posso, machucar-me só para satisfazer o passado com suas decisões, para não quebrar comigo mesma algumas promessas como se fossem uma camisa de força, ocupar-me, distrair-me para me salvar do medo que senti depois do acidente dos meus pais e do meu diagnóstico. Anos atrás eu teria preferido me despedaçar viva, apenas para não voltar nunca mais a San Andrés, para não percorrer de novo os mesmos passos, que é aquilo que alguém faz quando não tem a mínima ideia do que quer.

O copo transpira sem parar, os últimos cubinhos naufragam até se desfazer. De tanto em tanto, o instinto me faz olhar mais uma vez os rodapés e os cantos do teto. Por sorte dessa vez não encontrei nada, não vejo baratas no terraço, apenas um par de salamandras que o atravessam cantando. Volto à minha mesinha de apoio, da qual não sai uma música há pelo menos vinte anos. Também não preciso dela. Muito longe, no limite do som, além do ruído das turbinas, soa um acordeão.

O voo de regresso à Colômbia foi a coisa mais agradável que eu vivi em muito tempo, devo dizer, mais que os voos para convenções e os sucessos comerciais, mais que as súplicas de Roberto ou que as despedidas dos amigos. Quando decolamos vi, através dos olhos inchados de dor, os dois vulcões no Vale do México, os dois amantes, o guerreiro e a princesa. Iztaccíhuatl, a mulher adormecida, aparecia rochosa e despojada de sua copa nevada, e Popocatépetl, fumegando. Novamente, senti a magia dessa despedida, como quando a ruína moderna que ocupa o sopé dos amantes me fisgou pela primeira vez. Em que momento, em que momento o encanto se desfez? Não sei dizer. A Cidade do México foi renovadora, aprendi a viver com minha condição crônica, a tomar mescal sem que minha glicose disparasse e a amar um estranho que me ofereceu o que pôde.

Depois, pouco a pouco, a cidade me devorou inteira, com seus vícios, seu machismo e sua chuva ácida, com a camada de poluição que a recobre dia após dia, com as pessoas hipócritas, com Roberto e suas mentiras. Um dia comprei uma revista da qual caiu um folheto em que aparecia o Caribe. De repente me lembrei de que eu vinha de lá, daquele mundo de beleza exagerada. Depois do pior ataque de hipoglicemia que tive desde a morte dos meus pais, depois de um dia de merda que acabou com um desmaio no meio do trânsito da cidade, decidi que precisava estar aqui, isolada, sozinha.

Os cachorros latem.

As cigarras me fazem esquecer, seu barulhinho ritmado me relaxa e eu deixo de pensar por um instante que a glicose precisa estar abaixo de 130 mg/dL, que abaixo de 70 posso desmaiar, que tudo isso eu aprendi como se estivesse me distraindo do luto de muitos anos, para que eu também não morresse. Mas minha cabeça volta a repetir, como um raio, um kit com informações de sobrevivência. Eu picava os dedos todos os dias, o dia inteiro, tinha pequenos calos nas pontas dos dedos e cada uma das três injeções diárias de insulina era uma tortura. Já não me doem, nem as sinto mais. Depois saiu o sensor que uso agora, meço meus níveis de glicose passando o monitor preto. Agora ele aponta 100, estável, pelas últimas duas horas. Tenho sempre que contar, é uma operação automática: contar gramas de carboidratos e açúcar, calcular unidades de insulina, contar horas de jejum, calorias, tempo de atividade física. Agora que penso nisso, minha vida era mais fácil aqui.

San Andrés é, por um lado, tal como a recordei quando vi o panfleto da *Forbes Travel*, considerando que sabia que não é luxuosa e organizada, como as imagens conhecidas de Curaçao ou das Ilhas Virgens Britânicas. A beleza do mar é cativante, parece ser exatamente o mesmo que era da última vez que o vi através da janelinha do avião, quando decolava de uma escala em Bogotá. Com certeza, agora que perdi o costume, vou me apaixonar de novo pela paisagem. Também sei que, ao menos esse Caribe, é um desastre completo. E sei que é lento, tem seu próprio compasso. Reclamar não adianta muito. Ninguém se importa em desmarcar encontros, cancelá-los em cima da hora ou duas horas mais tarde, os trabalhadores menos ainda. Fazer um plano aqui é uma teimosia; faz-se mais por manter uma formalidade do que com a intenção de realizá-lo. A qualquer momento pode acontecer algo inesperado, e a melhor coisa é me manter aberta para não perder a paciência, por pura saúde mental.

Sobrevoar o arquipélago foi muito emocionante. Estava exausta da saída do vale, de tantas despedidas inconclusas e da escala em Bogotá. Depois de uma hora e meia de voo senti o início da última descida e o leito azul-escuro começou a riscar-se de verdes vivos. Fechei os olhos e comecei a recriar a sensação da água salgada rodeando meu corpo. Logo as ilhotas do sudeste apareceram, não me lembrava disso, ou talvez nunca soube, mas a perspectiva aérea as converte numa enorme mariposa ladeada pela espuma branca das ondas que se quebram contra os arrecifes. O avião vira à direita, desce um pouco mais e aparece algo incrível entre as nuvens, o famoso cavalo-marinho, entregue ao seu elemento, delineado pela costa de praias e rochas. Ali do céu, a ilha parece esse animalzinho, um navegador, uma parte desse arquipélago de coincidências fantásticas. Como esse território é pequeno. O avião sobrevoa pela parte oeste, acima do mar, até que toca a terra e freia de repente na curta pista da asa norte. As pessoas aplaudiram a aterrissagem, chegaram ao paraíso, embora dos dois lados da pista as casinhas de madeira estejam quase todas descascadas, as ruas esburacadas e poeirentas. Depois, senti aquele cheiro peculiar quando a porta do avião se abriu; o sal, o cheiro da pesca fresca, o coco. Protestei: ainda se descia do avião de escada, tropeçando com a bagagem de mão? Olhei para a minha direita, para a casa de teto triangular que é o aeroporto, ambas as pontes de embarque pendiam flácidas do edifício mal pintado. Minha vista ficou um pouco ofuscada. Olhei para a frente e vi as canoinhas e as lanchas, estacionadas atrás do pequeno quebra-mar da peixaria, a estrada da cabeceira da pista e a ilhota Johnny Cay, que eu achei que tinha se deslocado em direção a San Andrés e parecia gigante, e assim parei de reclamar, vendo as gaivotas e os alcatrazes voarem. Rapidamente meu ânimo se inundou de um sentimento de gratidão que por pouco não me faz chorar. Mais dois aviões deixavam seus passageiros sobre a plataforma sem sinalização do aeroporto Gustavo Rojas Pinilla, três sujeitos desciam aos tropeços uma velhinha na sua cadeira de rodas pela escada de um Airbus operado por uma companhia que não reconheci.

Depois de andar pela rampa e de passar à frente dos turistas colombianos que usavam um pau de selfie para se fotografar com o avião ao fundo, a senhorita esguia que orientava os recém-chegados me indicou a fila cheia de passageiros do voo anterior. Tentei sorrir para ela, mas me saiu mais uma careta frívola e continuei em direção ao cubículo que registra a entrada dos residentes e *raizais*.[2] Estou acostumada a parecer turista, e agora mais ainda, porque a sensação de calor não me deixa seguir o código de etiqueta local.

Cumprimentei em inglês a funcionária da agência de controle de circulação e residência, ela me devolveu a saudação, me deu as boas-vindas e prossegui para pegar minha bagagem. A esteira estava quebrada e o escâner da polícia também. Caminhei pelo corredor do aeroporto em direção à fila de táxis, dois homens brigaram para me levar, eu perguntei o preço esclarecendo que sou da ilha; não iam me cobrar como se cobra a um turista. O motorista, um nativo magérrimo e altíssimo, riu de mim e me mostrou seu incisivo de ouro enquanto pegava minhas duas maletas cambaleando, *di price is di siem: fifteen tousend pesos, miss!*

Continua sendo a mesma cidade, embora os semáforos sejam uma novidade. A rua principal saindo do aeroporto ainda não tem calçadas e o Chevrolet Caprice de escapamento aberto, no qual vim me balançando até chegar em casa, teve que se esquivar dos mesmos buracos de vinte anos atrás. A primeira entrada para o meu bairro, no qual tenho por vizinhos vários ex-governadores, é uma avenida longa, contígua à pista de aterrissagem, que mais adiante desemboca num bairro de assentamento irregular e chega até o lado oeste da ilha. Sarie Bay supostamente é um bairro de pessoas ricas, de celebridades da ilha, gente que ocupa cargos públicos e comerciantes famosos, mas essa avenida está sem ilu-

---

2 *Raizal* é o modo pelo qual a cultura característica própria dos nativos dos arquipélagos de San Andrés, Providencia e Santa Catalina é definida. Embora estes também sejam conhecidos como sanandresanos, o adjetivo *raizal* corresponde a um grupo mais diversificado que inclui imigrantes nas ilhas durante o século XX. Os *raizales* têm uma identidade definida com base em sua história, suas manifestações culturais, sua linguagem e identidade. (N. T.)

minação mais ou menos há quinze anos, cercada pelos tijolos sem pintura do muro do aeroporto. Algumas criancinhas encardidas brincavam descalças entre umas poças d'água que nem sequer pareciam ter sido feitas aquele dia, uns garotos maiores haviam deixado no meio-fio suas bicicletas enferrujadas para se aproximar da pista por um dos buracos do muro, esperando ver a decolagem do próximo Airbus. Atravessando a rua, me surpreendi com algumas fachadas que anunciavam quartos ou pousadas para turistas; um grupo de quatro caras provavelmente colombianos, com trancinhas do tipo que as cartagenenses fazem na praia, estava saindo da rua da minha casa e ia em direção ao calçadão, no centro. Daqui a umas duas horas estarão bêbados até cair de vodca barata, pensei.

Eu me distraí nas últimas semanas fazendo o possível para atender as longas ligações de trabalho do México, o home office e, claro, as visitas dos vizinhos da minha rua. Nenhum nativo. Alguns vieram me cumprimentar, me viram varrendo a calçada e mexendo no jardim, e, com os dias, passaram para contar alguma história dos meus pais. Deixei cair algumas lágrimas. Lembravam de quando meu pai era radioamador e fazia a manutenção das antenas em La Loma. De quando minha mãe era do Rottary Club, ou das suas aulas de tênis no Clube Náutico, os passeios a cavalo, as idas de iate a Cayo Bolívar, as ceias de Natal, ou meu pai como comentarista de rádio num programa de salsa aos sábados: "a salsa é o gênero; o guaguancó, o chá-chá-chá, o son-bolero são ritmos da salsa". A senhora da esquina me lembrou da visita dominical à igreja de São Judas, a do "patrono das causas impossíveis", minha mãe sempre repetia a mesma coisa. A senhora recordou seu *ajiaco*,[3] admirada de como acabava rápido nos bazares da semana santa, e dos anos em que foram comerciantes. Aqui em frente estava sempre estacionado aquele Sedan, que foi o único do seu modelo durante muito tempo, e no terraço, atrás do portão de grades brancas, a Harley Davidson do meu pai. A senhora do lado, outra das que me viu

---

3 *Ajiaco* é o nome dado a um tipo de ensopado que tem como base vários legumes ou tubérculos, como por exemplo batata, cortados em pedaços, e pequenos pedaços de carnes diversas. (N. T.)

crescer, viúva há tempos, conversou comigo, aparentando desespero em sua cara de quem acabou de acordar, certa manhã antes das sete quando saí para jogar o lixo e pegar folhas de babosa para fazer um suco. Estava de pijamas e descalça, e dali do seu terraço cheio de samambaias me disse: "Você vai ficar aqui? Não fique", desculpou-se com uma vassoura nas mãos, "é que aqui não tem futuro." Num momento de distração, respondi apenas que sim.

Talvez ela tivesse razão, em San Andrés o que existe é o puro presente. Lembrei-me da ridícula emissora mexicana no dia em que quase morri no trânsito. Pensei nessa senhora como se fosse minha mãe, que sofria nos dias em que alguma empregada doméstica lhe dava o cano e se chateava de ter de carregar o peso todo da casa nas costas. A mim, apesar de tudo, me parece pouco.

A casa está tão vazia que quase posso escutar o eco das minhas próprias queixas vindo de algum dos três quartos abafados. Escuto, é claro, a voz dos meus pais, seus passos ainda, por essas escadas de pedra, e as mãos no corrimão. O que tenho, agora que a casa está decente, é tempo para não fazer nada, para preencher os dias e as noites com o que for, com o desabafo das perguntas, as histórias mentais, as mentiras que digo a mim mesma, essas anotações desordenadas.

Por ora não quero mais saber de consertos. Antes de ir embora, a mulher que cuidou da casa por muitos anos me ajudou a limpá-la, a arrumar as coisas do meu jeito, mas sobretudo a receber o cortejo de trabalhadores. Os acordos foram variados, semanas de pó e de conversas exóticas que me refrescaram o sotaque costeiro e as gírias populares. Arrumei a geladeira, a máquina de lavar, os banheiros e o fogão a gás. Pintei a frente da casa e fui atrás de um jardineiro para dar um jeito nas figueiras altas que estavam meio mortas. Depois de praticamente implorar a encanadores, técnicos de refrigeração, eletricistas, pintores e mestres de obra, depois de muitas esperas em vão, resolvemos o básico. Os cupins tinham se aninhado no quartinho dos fundos e baratas pequenas apareciam a todo instante no banheiro do segundo andar. Chamei um dedetizador por recomendação de um vizinho e as paredes ficaram cobertas de azeite, o teto, os armários, as panelas, tudo. Nunca me haviam doído tanto as mãos, o corpo. Por causa do veneno, tive que passar a noite acampada no terraço do segundo andar. Finalmente, terminamos de lavar todos os cantos, de jogar fora sacos de lixo cheios de cadernos velhos e de enfeites quebrados. Tirei as imagens religiosas das paredes e pintei todo o interior de branco também. O forro ainda está desabando num dos quartos, com uma obra pela metade na qual não penso em embarcar tão cedo. Entre tanto alvoroço, subindo e descendo escadas, buscando ferramentas, cotando materiais e brigando com trabalhadores, não pensei em mais nada além do imediato. Não vim aqui para me tornar escrava disso, precisava parar. A casa me parece maior que nunca, mas agora que tudo me pertence e não tenho como preenchê-la, estou sem ânimo para tomar decisões.

Acho que no fundo, inclusive antes que meus pais se divorciassem e se matassem numa estrada de Bogotá, sempre fui assim, desconsolada. Dentre os cadernos do colégio, conservei algumas páginas, escritas quando eu pensava que viver aqui era a pior coisa que podia ter me acontecido, que estar rodeada pelo mar era a pior circunstância na qual eu havia podido nascer, sobretudo pela profunda solidão de não ver meus traços no rosto de ninguém, de não entender nada. Aqui estão elas, dou um longo gole no uísque que me desce queimando, brindo sozinha, leio-as de novo:

> Essa cidade me enche a paciência, já não tenho muita mesmo, não sei como adquiri essa qualidade entre minhas raízes. Suponho que minha ascendência é um grande punhado de ansiedade. E sou islenha, acredito, como a avó que conheci sobretudo por fotos. Sempre vivi neste lugar fora do mundo, mundo que aqui chega através do ancoradouro ou do aeroporto, ou está em livros já embolorados que se desmancham quando são abertos, que se desmontam letra por letra porque, lidos daqui, não significam nada. Todos nós somos tomados por uma solidão que se encerra entre as peles de várias cores. Lanço os olhos a tudo que vejo, é meu passatempo no caminho de quinze minutos da minha casa ao colégio nos dias que não passamos pela zona do Rock Hole, por

onde a essa hora não passa ninguém. Prefiro o caminho contíguo à praia e o desvio até a mesquita, por onde passeia pela rua uma manada de animais incertos, meu pai diz que parecem faisões. Observo os olhos dos árabes com quem compartilho a origem de um sobrenome, vejo suas exuberantes e pronunciadas sobrancelhas como as minhas, ao lado de vitrines de ventiladores, tapetes e quinquilharias de plástico, de caixas desbotadas pelos raios de sol, ou de perfumarias com nomes em francês; procuro também, nos olhares dos nativos, pistas sobre meu cabelo encaracolado, meu queixo largo e meus pés quadrados. Que é isso, não há negros na família, insistem. Meus olhos são de um azul como o mar do entardecer, cercado por um aro amarelo, como um deserto.

Meus pais eram do continente, ambos vieram da Colômbia para cá porque tiveram oportunidade, mas minha avó paterna é islenha e é pelo lado dela que sou raizal, embora acredite que ela nunca tenha chamado a si mesma dessa forma. O lance de olhar nos olhos era uma obsessão, eu andava me comparando com tudo. Nunca entendi, não entendo ainda, o que significa ser tão diferente do resto dos raizais. Apenas agora, que escutei que os nativos queimaram suas cédulas de identidade em sinal de repúdio, me questiono novamente.

Por sorte, são esses os últimos pensamentos feitos aqui na ilhota. Meu sonho de ir embora se realizará em menos de um ano. Para onde? Para longe da ilha na qual sou o nome de outras pessoas, onde todos os esconderijos são previsíveis ou inalcançáveis. Fecho os olhos e vejo montanhas, estradas amplas e longas, vou andando para um horizonte finito, e ao longe talvez veja isso que se chama savana, e uma cidade e mais outra, e continuarei avançando, pois avançar deve ser nunca voltar ao mesmo lugar.
Me pergunto como será experimentar o silêncio e o frio ao mesmo tempo. Na minha casa e no carro sempre faz 21ºC, então o pior dos meus infernos é no colégio, e ocorre especialmente depois do recreio, às nove e meia da manhã. Entre as páginas da minha enciclopédia procuro Suécia, Rússia, onde exista neve, estrelas diferentes, bosques nos quais é possível se perder, e loiros

rosados como Carol e seu irmão. A casa do lado ainda está vazia desde que eles foram embora...

Não me lembrava desses vizinhos. Cristina, a mãe, gostava de andar pelada o dia inteiro, talvez porque não suportasse o calor. Os três tinham de sair da ilha para renovar seu visto de residência a cada seis meses, iam ao Panamá e voltavam no mesmo dia ou no dia seguinte, e assim o fizeram por um par de anos, até que a OC-CRE, o escritório de controle de circulação, não os deixou entrar de novo. O que aconteceria com suas coisas? Eu não tinha nem ideia. Senti saudades do rosto deles durante um tempo, mas permaneceu na minha memória a cara estranha da ruiva Justyna, que cresceu olhando para o mar de Gdansk, e me ensinou com seus lábios finos a dizer o quase impronunciável "oi" no seu idioma. Também a de Hauke, que tinha acabado de chegar da Alemanha, mas falava o perfeito espanhol da sua mãe raizal; e a de Tamara, uma vienense recém-chegada que também era mestiça, que tentava nos falar num espanhol um pouco mais incompreensível. A polonesa e eu éramos, de fato, as mais brancas da sala. Não havia *cachacos*,[4] teriam sofrido um pouco, e os demais não eram propriamente islenhos: seus pais vieram do continente, e eles só haviam nascido aqui. Éramos apenas vinte e dois estudantes na classe.

Na ilha o passado é muito importante, é uma menção constante no dia a dia. Já fazia uns dois anos que meu pai passara semanas reunindo informação para fazer nossa árvore genealógica. Falava pelo telefone com parentes distantes que conheço só de nome, emocionado pelos parentescos recém-descobertos. Durante o almoço, começou a recordar regularmente sua infância; no passeio semanal para dar a volta à ilha, contava histórias sobre a família da sua mãe, do seu avô, daquele terreno ou daquele prédio. Nós três tiramos fotos 3 x 4 na Fotomar e levamos os documentos a um escritório num segundo andar diante do prédio do governo. Meses depois recebemos uns

---

[4] Na região do Caribe colombiano, o termo *cachaco* é utilizado comumente para se referir a todas as pessoas do interior da Colômbia, provenientes de cidades andinas. (N. T.)

cartões dourados que já não se usam, mas que na época nos distinguiam, meu pai e eu, dos que simplesmente eram residentes, como por exemplo minha mãe, que tinha de entrar e sair da ilha com um cartão prateado.

Nós somos raizais, raizais diferentes. Não temos nada de negros, dizia minha avó. Nunca entendi isso. Nosso inglês — qual inglês? — era o britânico, e os negros eram escravos. Mas, por mais que ela insistisse, meus primos *cachacos* me enchiam o saco, diz o caderno, pelo pixaim, dizem, carapinha, bombril. Nunca gostei deles com seu cabelo liso e essa hipocrisia pausada quando pronunciam as palavras. Minha mãe me contou que, quando nasci, minha avó lhe disse que meu cabelo e o resto com certeza não vinha do seu lado, e sim de algum negro andino, seguramente, perdido entre minha família materna. Sim, com certeza.

Eis aí o trecho em que escrevi sobre o colégio. Tinha razão, me dei mal em Bogotá. No início eu aproveitava, a novidade e a variedade se antepunham à dureza da cidade.

> No colégio, somos cento e vinte estudantes, é o melhor daqui, mas com certeza vou me dar mal no continente. Nunca me dei bem com os números, e embora seja melhor que a média com as palavras, minhas aulas de Espanhol ou Inglês não são muito puxadas. Não terminei de ler nenhum livro. Os únicos livros de que gostei são histórias curtas que aconteceram quase por acaso em cenários que conheço bem, como o do céu e do mar em Juan Salvador Gaviota, ou o de uma cela, em *Mientras llueve*. De resto, lemos resumos dos romances, quando muito, e isso é o bastante para a avaliação. Os ditados de ortografia são divertidos pelo modo como o professor cartagenense gesticula a pronúncia das proparoxítonas, para nos soprar onde diabos vão os acentos.

Também encontrei vários desses ditados entre os cadernos, alguns bilhetes de amigas, desenhos; o nome, em cursiva e em letra de forma, em distintas cores, do vizinho árabe ruivo ao qual eu adorava em silêncio, até que sua família o levou para Isla Margarita; adesivos que vinham nos pacotes de salgadinho do recreio, nunca soube qual era o gosto de um biscoito wafer ou como as batatas de pacotinho eram crocantes até que as comi em Bogotá. Aqui tudo era rançoso, aguado, úmido.

Na minha memória de paisagens há um mar, uns arrecifes e uns bancos de areia, rochas de corais mortos, um morro de dezesseis metros em cujo cume há uma igreja na qual nunca entrei e uma laguna que constitui a porta de entrada pela qual se pode chegar aqui antes de sair outra vez para o mar. Há palmeiras, mangues, caranguejos brancos e vermelhos, siris azuis e brancos, peixes, peixes, peixes. Faz tempo que deixei de capturar caranguejos eremitas para improvisar seu hábitat em embalagens plásticas de sorvete Dos Pinos, de catar conchinhas ou de dançar enquanto aparecia alguma lagartixa a ser caçada entre as roupas penduradas ao sol. O resto, a mesma vertigem azul e verde, azul e verde, azul e verde. Esse entorno se repete, atolado na circular infinita que é a avenida Circunvalar, onde os carrinhos de golfe andam a trinta quilômetros por hora, cheios de turistas bêbados vestidos com cores fosforescentes. Cafonas de tudo.

Aqui todos ficam desesperados em algum momento. E quem se desespera fuma, ou bebe, como eu, essa garrafinha de aguardente que carrego na minha mochila. Estamos de frente para o mar, esse belo mar, e não olhamos mais nada, de repente agora só tento me proteger, e me concentro no manto que conseguiu trazer tudo, a comida, as pessoas e a ferrugem, tudo, menos a felicidade que deve haver em outros lugares. Os amigos que tenho estão aqui na praia, quase todos nós iremos embora, e esses dias ficarão para trás. Os sacos de lixo esparramados que a empresa de coleta se recusou a recolher porque já não cabem no lixão, lá atrás. A água salgada, os buracos das ruas estreitas, o calor impossível dentro desse maldito uniforme de sarja, os coros que os monges capuchinhos nos obrigam a cantar, o enjoo de dar mil vezes a volta na ilha, tudo ficará aqui, no passado ao qual pertence este lugar, para trás. Sim, Bogotá é perigosa. Minha mãe contou várias vezes sua recordação de estar no ônibus e sentir unhas afiadas puxando a correntinha de ouro que seu pai havia lhe dado no povoado antes de ela ir embora. Às vezes me parece que isso — e um homem se masturbando em outro ônibus — é a única coisa que ela lembra de Bogotá.

Não há opção, eu também vou para o centro, dizem que ali ficam as melhores universidades da Colômbia. À noite ocupo o telefone e me conecto à internet para ver as páginas de várias delas. Há estantes cheias de livros, salas com computadores e estudantes concentrados em silenciosas salas de estudo. Os jardins coloridos mostram pessoas estendidas na grama, nas secretarias trabalham homens de terno e mulheres bem penteadas, e há perfis de professores que vêm da França, da Inglaterra. Eu me situo com dificuldade dentro dessas imagens distantes, minha imaginação trabalha sem a ajuda da memória.

Minha primeira recordação concreta de Bogotá também é no transporte público, por coincidência. A cena marcante aconteceu fora do ônibus, um morador de rua cagava no canteiro central da avenida Caracas com a 23. Lembro-me inclusive de ver o formato do cocô que ele fez, o sentimento de indiferença que vi no seu rosto. Não ligava para nada, agachado com o cu à vista, não ligava para os olhares porque ele tampouco não tinha importância para ninguém, e sabia disso. Eu jamais poderia ter visto isso na ilha, que na época já devia ter uns oitenta mil habitantes, nem isso nem as prostitutas da 22, e assim, todos os dias no caminho para o centro. Não consigo imaginar como foi para o resto da minha classe...

A maioria das pessoas da minha classe nunca foi à Colômbia. Eu sim já fui ao continente. Ficava impressionada, acima de tudo, com as ruas semelhantes a tobogãs e as lojas grandes de Barranquilla, quando íamos às consultas de rotina do meu pai. E os prédios. Qualquer edifício de mais de três andares me parece curioso, digno de atenção.

De Bogotá eu tinha algumas imagens confusas, de quando eu tinha oito anos e me levaram ao enterro da minha avó. Ela morreu ali depois de muitos anos de exílio, nunca quis voltar. Lembro-me de que, quando pequena, o cheiro da impressionante seção de frutas e verduras do supermercado me parecia singular, e me lembro do cemitério. Aquela planície de túmulos era até então o terreno mais extenso que eu já tinha visto.

Logo será a hora dos mosquitos, a bebida está acabando e ali na barraquinha de *coco-locos*[5] continua tocando *reggaetón*. Aproveitamos as últimas tardes para nos bronzear e beber. A água nos afoga por todos os lados. Eu só quero ver bosques de pinheiros, e fazer o que tiver vontade antes de que aqui cheguemos ao suicídio coletivo.

Sem essas páginas talvez eu pudesse jurar que antes da minha diabetes eu era feliz. Não era. Não contava com certas coisas, claro, não esperava ser a última da minha família. Mas voltei, antes do suicídio coletivo ou justo a tempo? Não há uma só pessoa que tenha me cumprimentado com algo diferente de reclamações. Agora penso que reclamar é parte essencial do caráter insular. Ainda estou num período no qual todo questionamento sobre um problema me parece insignificante. Tenho que me injetar agora e descer para comer alguma coisa. Amanhã, quando for noite outra vez, as estrelas aparecerão de novo e eu voltarei com outro copo de uísque cheio das minhas reflexões sobre como o isolamento é uma bênção, sobre o muito ou o pouco que eu posso fazer com minha vida daqui para a frente, quando novamente tudo está por ser dito.

---

5 O *coco-loco* é um coquetel de origem mexicana, feito com rum, mescal, leite e água de coco. (N. T.)

## II. Anotações de regresso

Faz tanto sol que essa roupa secará dentro de umas duas horas. Uma mulher, do quintal que dá para o meu muro, grita com uma voz estridente: "Oi, *mami!*".

Ambas fazemos a mesma coisa. Eu, porque minha secadora quebrou e estou esperando uma peça chegar de Bogotá. Estou pendurando minhas bermudas brancas e meus vestidos claros. A mulher, vejo, estende umas peças escuras e umas cuecas enormes que devem ser do seu marido. São os mesmos vizinhos desde minha infância. Se me lembro bem, ela é a esposa *paña*[6] de um taxista raizal que estudou no colégio com minha mãe. Estamos separadas por uma parede que certa vez foi escalada por ladrões, uma das fronteiras que me mantiveram na minha bolha da infância.

Tenho que descer à cozinha para preparar alguma coisa de café da manhã. Lavei a roupa cedo e agora vou fazer alguma coisa com as bananas que consegui no centro, depois de procurar muito. Paguei quase três vezes o preço que se cobra no México. Sento-me por um instante para me refrescar com a brisa e ficar olhando no céu o rastro de um voo transcontinental que vai para o norte. Uma invasão mais abaixo me distrai. São dois beija-flores ferozes, *zuuum, iiizzz!* Tento seguir o show dos espadachins no cenário épico desse terraço desmantelado. Tudo está coberto de mofo, de fungo preto-esverdeado da umidade, os rodapés e as bordas de concreto cederam ao salitre, e o gesso e a pátina do grande parapeito branco se descascaram por completo. À altura dos meus olhos, eles voltam a duelar, o de peito verde brilhante se balança sobre seu oponente, outro pássaro minúsculo como ele, um pouco mais escuro. Ouço um barulhinho seco, um deles recebe uma bicada na cabecinha, por que diabos fazem isso?, penso. Ei, parem com isso! O mais escuro voa fora de foco, o forte monta, de um pilarzinho branco, uma

---

6 '*Paña*, abreviatura de *pañaman*, é a forma pela qual os islenhos denominam os migrantes continentais na ilha, em contraposição aos raizais. (N. T.)

guarda nervosa, com o peito agitado. No seu mundo é disto que se trata, pequeno: de se apoderar de algo, isso lhe dará segurança na sua vida breve. São tão pequenos, tão curiosos, e como se atacam! Achei que iam se matar. Assim, há uma disputa no terraço. Afasto o olhar para um dos andaimes da construção dos novos apartamentos para turistas. Estão por todo lado. Acho que verei bastante o campeão, que não pode sair da sua torre, ali onde está, virando-se histriônico para todos os lados. Possuir também não é fácil, me dizem o nervosismo e a agressividade do pequeno; ele não poderá voar tranquilo, nem para muito longe, como eu agora nessa casa. O outro deverá continuar procurando. Trata-se disto: procurar, conservar, aferrar-se.

A vizinha de trás canta um *vallenato*, "*el dolor que um día de mí se fue...*", eu me levanto e a vejo atirar no chão o conteúdo de uma peneira e então aparecem as galinhas. São elas que eu escuto cacarejar desde cedo, como se também se queixassem de algo, e ao fundo segue o insistente piado. Sorrio, no caso de a senhora me ver. Então surge o outro barulho. Ainda não são oito horas, penso, e já começou o alvoroço desses estrondos metálicos? Serras, brocas. Vou para o outro lado da sacada.

Percebo três construções, a primeira é um edifício a menos de vinte metros da minha casa, dali de onde agora um operário me cumprimenta *mami, bom dia, ts, rainha*. Para que não me entenda mal, não devolvo o cumprimento. Outros ruídos são um pouco mais distantes, cinquenta metros, cem. Serras, batidas no concreto. Sinto a brisa e vejo as folhas do plátano se agitarem contra a cerca em cima do muro. Na minha linha do tempo, esse plátano, por exemplo, seria eterno, constante. Esteve e estará ali para sempre. Agora há um segundo plátano, com flores de enormes bulbos roxos e carregado com dois cachos verdes e robustos. O galo canta e eu desperto, pego meu cesto de pregadores e entro na casa. Já está bem quente, apesar de eu ter madrugado ao sol. Pendurar a roupa, penso, pendurar a roupa foi o que eu fiz de mais original em quinze anos.

Não mantive contato com ninguém da ilha quase desde o último ano do colégio, mas escrevi a uma nativa com quem estudei, Juleen

Brown Martínez, que era muito ativa no seu perfil nas redes sociais. Espero sua resposta, vamos ver se ainda está por aqui. Termino de comer o cereal e a aveia. Meço a glicose: 115. Abaixo de 130. Acima de 70. São oito e vinte. Olho para o prato vazio, tão familiar, que me remete a muitos anos atrás, abro a torneira para lavar a louça. Isso já não me impressiona tanto, porque depois de muito insistir, por fim chegou a carga de água doce para a caixa d'água.

Da primeira vez que liguei de novo a bomba para propulsar a água do poço para as caixas no teto, me assustei pelo cheiro, quase tenho um ataque. Então um dos trabalhadores me disse, com um sotaque muito marcado, que embora a água cheirasse levemente a enxofre e a urina, eu tinha sorte, pois no bairro dele a empresa quase nunca abre o registro nos dias de hoje, que as pessoas dependem de baldes e garrafões, os que podem conseguir, porque na ilha geralmente há escassez de garrafões. E quando os turistas ficam sem água? Nunca, nunca, dizia o sujeito gesticulando. Ainda tenho na pele dos braços umas manchas brancas porque tomei banho com água do poço durante essas semanas. No colégio, eram as crianças dos outros bairros que tinham manchas, as dos bairros pobres. Naqueles anos, o aquífero subterrâneo era bom, ninguém sofria com isso no bairro dos governadores, mas agora está podre devido à sobrecarga, e porque o conteúdo da fossa séptica deve tê-lo inundado. Somos muito inteligentes, pensamos no futuro, somos do Caribe.

Saí poucas vezes. Fui uma vez à praia e aos supermercados, que parecem sempre abastecidos pela metade. Ah. Fui ao centro para procurar uma maneira de obter internet. Essa foi uma busca inútil, como muitas outras. No bairro já não há cabos para instalações domiciliares, por causa da demanda das pousadas. A única solução foi comprar um roteador, com uma capacidade de dez megas, numa companhia de telefonia celular. O olho da cara e não serve para nada. Estou isolada, devo estar numa situação bastante parecida com a vida que se levava no século XX, mas depois de ter resolvido o básico do trabalho no México, isso não me aborrece muito. Acho esse mundo daqui tão pitoresco, e todo mundo se queixa, então tem um sabor de decadência que combina perfeitamente com meu estado emocional. Não pensei em nada, voltei. Quase nem pensei em Roberto. Quando quis chorar, estava simplesmente muito cansada para fazer isso. Faz duas semanas que estou mais ou menos estável, passo o monitor de novo. Perfeito.

No dia do enterro dos meus pais, desmaiei quando voltava para casa do cemitério ao norte de Bogotá. Estava há vários dias com uma sede mortal, seca por dentro. Cheguei a tomar sete ou oito litros de água num intervalo de doze horas, mas quando fui ao pronto-socorro o diagnóstico foi gastroenterite. Passei mais dois dias como um trapo, jogada no sofá ou na cama. Atribuí meu mal-estar ao luto, às imagens do reconhecimento dos seus corpos de fruta despedaçada, uma vez férteis e agora amassados, às suas feições, tão suas e tão alheias, às palavras tristes na capela, ao cortejo de pêsames. Perdi o fôlego quando recordei seus sussurros e seus gritos. Quando recobrei os sentidos já não estava indo para o apartamento, estava num quarto de hospital no qual permaneci por vários dias e dali saí com pulseiras de identificação, folhetos, livros, seringas, aparelhos. Diabética, no limite. Desde esse momento repica na minha cabeça: "a glicose abaixo de 130 mg/dL e acima de 70, ou posso desmaiar". Isso faz parte do meu credo.

Meus pais se destruíram, foram se aferrando a cada detalhe da sua destruição, uma lenta ruptura interna cheia de dependências e intrigas, eu os observei, depois partiram levando com eles o restinho de doce que havia nas minhas veias. Eu podia jurar que estavam discutindo, que meu pai perdeu o controle, que minha mãe tocou em alguma ferida, que ambos gritaram e que meu nome saiu da boca deles antes de morrerem, por bem ou por mal. Só isso. Não posso ficar muito triste, não posso perder o controle, não posso deixar de fazer cálculos de miligramas sobre decilitros. Depois de sete anos, já sei instintivamente o tanto de carboidrato que há em quase tudo que consumo, conto quanta insulina preciso me aplicar ao despertar, antes de cada refeição, ao me deitar, de madrugada. O que não sei é como deixar de me questionar, de dramatizar minha condição, pois foi tão repentina, pelo canibalismo que há nessa programação transtornada do meu sistema de defesa, porque é irremediável e só pode piorar. Alguma coisa saiu mal em mim, e em nível celular sou um campo de batalha. Tenho uma doença autoimune e às vezes acredito que é porque não me conheço o suficiente. Como funciono? Como funciona o mundo? Não conheço nada. Fiquei sabendo de alguns dramas da ilha. "Não, já não é como antes, *mamita*", dizem, "você tem que ter cuidado por onde anda". "Não vim naquele dia porque lá no bairro teve um tiroteio e estava tão perigoso que não dava pra ninguém sair", explicou o encanador, que apareceu quando eu já tinha desistido de esperá-lo. O da água foi o que me disse que os garrafões haviam acabado e o do caminhão para a caixa d'água, que eu devia entrar na lista de espera porque o verão está muito abafado. Agora os turistas nos aborrecem mais, escuto, os cafonas fosforescentes, há esses voos baratos que trazem gente que às vezes amanhece no calçadão estirada em cima da mala, ou que vêm vender sanduíches ou empanadas na praia para pagar sua viagem. A última coisa de que me lembro é que de fato quase não vinha ninguém; no final do meu ensino médio, a crise na Colômbia era tão profunda que nem sequer os cafonas chegavam. Agora vou ver quem é que anda por aqui, agora terei tempo.

O próximo item da minha lista é ir à praia. Hoje não há vento e o calor é tão intenso que não haverá outra forma de suportar o dia. Sairei depois dos pilotos militares que estão hospedados na casa da frente e percorrerei a rua contígua à pista, até dar no mar.

Pela manhã não há muitos voos, da minha casa não ouvi o eco das turbinas e a plataforma da pista está vazia. O pescador do quarteirão é o mesmo do qual me lembro das minhas viagens do colégio, está alguns anos mais velho, mas instalado diante da mesma mesa de escritório, debaixo da balança, rodeado de galinhas e frangos. Um velho muito magro vestido com um pijama curto listrado e chinelos velhos caminha pela avenida, ao lado da calçada, anda como uma tartaruga de bengala e numa das mãos carrega uma sacolinha de farmácia. *Os que sonham são a maioria*, dizem as letras em vermelho da sua camiseta, abaixo delas há um número de candidato eleitoral.

Os cristais do sal **31**

Cruzo a calçada do muro do aeroporto, onde se vê ali da rua o pátio de um colégio público. As crianças estão no recreio. Presto atenção em alguns detalhes, garrafas, latas de cerveja, a carcaça de uma máquina de lavar, um par de pneus. Dois moleques brincam com os restos de um triciclo. Tremo. Não vou pensar, vou fechar o coração até chegar a Spratt Bight, depois da peixaria e da cabeceira do aeroporto.

Agora sim. Pisar no céu deve ser como pôr os pés na areia tão suave, tão branca, da baía das sardinhas. Vou dando passos largos com os chinelos nas mãos, olhando para a praia que se estende à minha direita e que ainda me parece ampla e comprida, apesar de tudo mais no centro ser diminuto. É a época das algas e aparecem os montes negros na beira da praia. Estendo minha esteira na areia e deixo minha bolsa meio escondida debaixo da canga para entrar logo no mar. As cores são iguais às de anos atrás, a profundidade não mudou e os bancos de algas parecem não ter se movido nem um centímetro, o sol reflete raios multicoloridos nas mesmas franjas de turquesas, safiras e lápis-lazúlis, um tesouro redescoberto me hipnotiza.

A água está fria. Entro devagarinho para desfrutar de uma inundação do meu elemento. Dou um par de braçadas, respiro fundo e mergulho, um metro, dois, três. O mar já entrou pelos meus ouvidos, é como se dois cabos tivessem sido encaixados na minha cabeça. O sol pinta raios luminosos ao meu redor, com cores rosadas e lilases, vejo um peixe fugir assustado. Fico no fundo por um instante. O barulho que se ouve penetra meus ouvidos, um zumbido tênue, que aumenta com o mais leve movimento, um burburinho. Fico quieta. Ainda tenho ar. Poderia chorar agora. Devo ter me sentido assim no ventre, num líquido amniótico como esse, de onde nasceram todas as minhas possibilidades. "Ai, e eu nasci aqui", celebro. Descruzo as pernas e dou um empurrão com força no fundo de areia. Subo e solto o ar, tomo mais fôlego. Meu coração acelera. Acabo de me lembrar dos batismos dos cristãos, que são feitos também nessa praia, no mar como um ritual de boas-vindas. Não, não é o mar das revistas nem são férias. É um confinamento ou um abraço. As duas coisas. Viro para olhar outra vez para a pequena ilha Johnny Cay, que me parece de mentira. É aquela época em que a espuma não se desenha sobre a listra do horizonte, não há tanto vento e as ondas não batem tão forte contra o arrecife. Do lado da Johnny Cay, há algo que não reconheço, uma estrutura estranha, mas continua sendo idílico olhar para ela, mais bela que as fotos de revista, de cartão-postal. Olho para baixo, minhas pernas rodopiam e algumas sardinhas nadam ao meu lado. A praia de Cancún é linda, a de Puerto Vallarta, as da Flórida, as do Rio, mas o mar cristalino e chamativo da minha ilha não se compara com nada que eu já vi. Ah, sim, pareço uma nativa outra vez, rio desse orgulho tão característico. Ah, sim, fazer um pedido. Que me dê uma ideia, peço ao mar. Nós islenhos pedimos tudo ao mar, à mãe fértil, que tudo concebe e tudo concede, penso. Não posso pensar em nenhum propósito, em nenhum desejo. Uma ideia, algo a que se dedicar seria o suficiente, não necessito de mais nada. Fico flutuando de barriga para cima, meu corpo como uma estrela, de braços abertos e à deriva aparente, flutuo numa corrente de ondas calmas que me deixam respirar tranquila.

    Minha meditação se interrompe com um *reggaetón*. Dou umas braçadas até a beira, vejo que vai começar uma aula de aeróbica no calçadão. Saio do mar ultrapassando um montinho de algas. Quando eu era pequena, meus pais me carregavam para evitá-las, não porque eram sujas, mas porque havia bichinhos que picavam. Esse monte de algas, observo, hoje é um acúmulo de tampinhas, cigarros, pacotes de salgadinho vazios, bitucas, de porcarias e mais porcarias. Ultrapasso todo esse lixo. Estendo-me para receber o sol, de um lado chega uma gaivota que xereta um *coco-loco* abandonado que ainda está enfeitado com um guarda-chuva plástico já sem a cereja, do outro lado um caranguejo branco se assusta comigo. As nuvens brancas da paisagem se escondem atrás de fachadas de hotéis de pouca altura, claramente desvalorizados. Enquanto procuro formas, penso que o mundo é igualmente indiferente em todas as partes; apunhala sem avisar, em qualquer esquina das cidades que conheço, com suas cenas sórdidas e suas vaidades urbanas. É uma corrente incontrolável que me encheu de ruído, de ansiedade. Sou da cidade? Fracassei. Mas o mundo também é como esse escoamento de águas negras na praia, aqui ao lado de onde aprendi a nadar, a falar, a beijar, beber e fumar.

"Ele passa antes das dez." Juleen me respondeu e me contou que seu namorado pode me conseguir maconha. Pode trazê-la antes de entrar no trabalho numa loja de ferragens, e tem de dois tipos.

vb: Quero as duas, já que estou no Caribe, que sempre tem duas caras...
jf: Olha só, tem muitas mais... *Gyal*, estou cheia de trabalho essa semana, mas vamos marcar pra nos vermos, ei...
vb: Mais de duas, que bom, quero ver todas!
jf: Pega leve! — muitas carinhas rindo —, me conte como você está, *gyal*...

Eu, enquanto espero, embora o sol não esteja muito forte — sei que ficarei toda vermelha se não me besuntar toda —, passo bloqueador solar no rosto, no pescoço e no peito e vou me estender de barriga pra cima olhando para a Johnny Cay. Viro o rosto para a zona hoteleira, de relance vejo um rapaz de pelo menos um metro e noventa que vem vindo na minha direção. Eu tinha esquecido que aqui as pessoas não caminham, e sim dançam. Soa uma musiquinha na minha cabeça, deixando em segundo plano o merengue da aula de aeróbica. Esse deve ser o namorado de Juleen, sem dúvida. À medida que se aproxima, sorri mais, limpo o bronzeador e a areia das mãos com a toalha, o cara me cumprimenta, um aperto formal da sua mão duas vezes maior que a minha.

— Hey! Wa happ'n!? — um que tal?, mas em crioulo. — Sou o Samuel, o namorado da negra — diz ele, mostrando uns dentes uniformes e perolados.

A pele de Samuel é de um tom de mogno escuro como a da minha amiga, suas maçãs do rosto são firmes e altas, no cabelo usa um corte baixo sem costeletas e bem delineado com máquina. O branco dos seus olhos é límpido e sua pele, invejável. Está usando jeans, camisa polo e tênis pretos. Eu tinha me esquecido desse tipo de beleza, tão implacável. De alguma forma seu olhar me dá segurança, como se através dele me chegasse o humor essencial da minha infância, vejo um flash na minha cabeça, sinto uma nostalgia agridoce me preenchendo o peito com algo que eu não sabia que me fazia falta. Essas caras.

— E aí? *Hey*, muito obrigada por vir — procuro na mochila e lhe passo o dinheiro disfarçadamente, embora é possível que ninguém esteja prestando atenção em nós, ou assim acredito. A essa hora já começaram a chegar os trabalhadores da praia.

— E quanto tempo você vai ficar na ilha? — ele me pergunta casualmente enquanto se agacha para pôr os dois saquinhos de plástico transparente dentro da minha bolsa aberta. Seu espanhol me pareceu surpreendentemente bom para a sua cor.

— Não sei bem, o plano é até que terminem os saquinhos — pisco um olho para ele.

— Então o que você mais tem é tempo! — gesticula.

Falamos por um momento sobre a compra, não pensei que viesse prensada em saquinhos fechados. Uma vem do continente, o *cripy*, e a outra, supostamente, da Jamaica. Também pode me conseguir erva de uma plantação do South, mas isso é mais demorado, ele me diz. Seu tom é agradável, fala devagar e acrescenta detalhes a cada comentário. Aproveito para lhe perguntar:

— Ei, você sabe o que é isso ao lado da Johnny Cay? — pergunto apontando para a frente.

— Isso? — aponta e assente com a cabeça. — *Yes*, é o treco que iam cravar para procurar petróleo em 2012 — ele se agita —, então largaram isso aí depois que fizemos uma manifestação, você é daqui?

— Sim, sim, sou daqui — digo-lhe com uma risadinha —, sei que não parece, mas sim, sou raizal — é uma senha. — Juleen não te disse? Nós duas nos formamos juntas no colégio!

— Ah! Demais! Então! *So mek unu taalk crioulo, nuh?* — diz divertido, talvez sabendo que com isso me deixa incomodada.

— Não, não falo crioulo, mas agora que você está dizendo, sempre quis aprender — digo-lhe, Samuel estala os dentes com uma pequena objeção, eu sinto pena e volto rápido ao assunto. — Ei, tempos atrás o petróleo era um boato, ninguém acreditava nisso, e agora é verdade que há petróleo?

Os cristais do sal **35**

— É que depois da decisão de Haya, começaram a explorar de novo, mas muita gente foi à manifestação — ele repete —, foi a única vez que isso aconteceu. Foi depois que perdemos o mar...

Eu arqueio as sobrancelhas, agora me volta à memória o assunto da Nicarágua. Mas sinto que me lembro muito superficialmente da decisão de Haya. Samuel repete que naquele novembro, em 2012, ele e todos os seus amigos do colégio e do bairro foram para as ruas, que as pessoas fecharam as lojas, que depois desse dia voltaram a sair quando o governo concedeu licenças a empresas estrangeiras, e que depois da pressão acabaram indo embora e deixando essa plataforma abandonada ali na Johnny Cay.

Estou impressionada, o que posso dizer a ele, se eu não sabia de nada?

— Ei, mas espere — ele insiste —, como assim, você é raizal e não fala crioulo? Faz quanto tempo que você não vem para a ilha?

— ele me observa bem para ver se há algo na minha aparência que sugira que não estou mentindo. Fazia oito anos que eu não voltava, mas de qualquer forma nunca falei crioulo, explico.

— Aqui aconteceram muitas coisas desde a decisão — ele me olha de soslaio —, as pessoas colaram adesivos nos carros, nas lojas, nas motos, *Não acatamos a decisão*, *Não a Haya*, *Eu não aceito*, você não viu esses adesivos?

— Sim, eu vi, no supermercado. — Fiquei calada, sem saber mais o que dizer diante da agitação do meu traficante, nunca tinha me questionado a respeito do impacto da perda de algo que me parecia tão simples como o dia a dia de San Andrés. — Acho que teria muito mais perguntas e você vai chegar atrasado ao trabalho — digo por fim, coço a cabeça e depois cruzo os braços. Não sei como disfarçar minha sensação de ingenuidade.

— Não, tranquilo — ele me diz com desfaçatez —, eu vou sair desse trabalho logo, logo — Samuel se explica e continua conversando comigo, não quer ir embora. — E você o que faz, trabalha com quê?

— Eu? Nesse instante só respiro, larguei meu trabalho no México faz pouco tempo.

— Ah, você morava no México? E que tal? *Mi wuoy*, essa cidade é bem pesada, não? É bom lá? — pergunta Samuel e eu não posso deixar de soltar uma gargalhada, mas é porque é a primeira vez que escuto alguém dizer "*mi wuoy*" em anos.

— Sim, sim, pesada de verdade, Sami — queixo-me com sinceridade —, me cansei da cidade.

— Você ficou o tempo todo no México? Você tem um sotaque de *cachaca* — o garoto diz rápido. Eu o escuto como se fosse a versão adulta de um coleguinha do jardim de infância chamado Jackson, não falava nada de espanhol, mas também não parava quieto na sala e uma vez enfiou uma pata de caranguejo na gaveta da minha carteira.

— *Hey*, pega leve, ok, pega leve — digo-lhe por instinto fazendo sinais com a mão e ele morre de rir quando vê que eu fiquei brava —, ah, *yo hear? Respect, man. Cachaca* não! — improviso num inglês qualquer.

— Ok, *cool, cool* — ele me imita —, mas que você parece, parece...

— Mas então, me diz — mudo de assunto —, que tal a *weed*? — olho de novo para o saquinho na bolsa.

— Eu não gosto da jamaicana porque me dá muito sono — coça a cabeça como com preguiça, seu cabelo é curtinho e bem crespo —, mas se você quer relaxar esta é a certa, a outra é para que você fique agitada — diz e aperta os punhos com força na frente do peito. Todas as suas expressões me divertem.

— Ah, ok, ok, o que eu quero é relaxar. Ei, e o que significa todo esse lixo? — aponto, e ele enlaça as mãos na nuca. — Isso é assim agora, ou não? Estou tentando entender... — Olho ao redor.

— *Tourism!* — diz em voz baixa, enquanto eu espanto uma mosca. — As pessoas que vêm à ilha, você sabe que não limpariam nem a própria casa, além disso aqui não há onde enfiar mais lixo e ninguém faz nada, você deveria ir ao Magic Garden, não viu lá do avião? *Mi foc*, é bem impressionante ... — continua, eu permaneço de braços cruzados, olhando-o falar e alternando entre a boca arroxeada e a pele brilhante — ... ele deveria ter sido interditado faz é tempo.

Os cristais do sal 37

— E estamos fazendo algo nesse sentido, ou não? Quem é o governador?

— O governador é um turco.[7]

— Um turco? — fico surpresa, isso sim é uma raridade.

— A-hã, isso mesmo, mas isso aqui já não é o que era antes — franze a boca —, quem dera que San Andrés fosse assim, quando as pessoas se sentiam livres — Samuel suspira e dá de ombros antes de se despedir, agora sim precisa ir embora.

Ele me entrega uns papeizinhos amassados e de repente tudo se torna um pouco mais transcendental. O gemido de um pássaro, o alcatraz companheiro do pescador que sai diante do espigão, o barulho das turbinas, éramos livres, diz o garoto. Agradeço-lhe pelo favor que me faz, *Alright!*, diz, e vai embora levantando areia entre os sapatos.

Eu honestamente não tenho de onde tirar a lembrança que escutei de muita gente, de uma época na qual as pessoas dormiam de portas abertas. Sempre que alguém pronuncia essas palavras, Sami, as vizinhas, eu imagino casas típicas de madeira, mas de 1950, as da infância da minha avó.

Penso em mais uma coisa. Petróleo aqui. Olho de novo para a Johnny Cay, para o que agora claramente aos meus olhos é uma plataforma de exploração.

Nos meus anos de universidade, eu havia estudado o assunto do conflito com a Nicarágua, mas em 2012 estava vivendo meu próprio cataclismo. A diabetes, as despedidas e a vontade de enterrar tudo o que tivesse a ver com a Colômbia e mais ainda com essa ilha na qual, acredito, meus últimos dias felizes andam por aí nas recordações de desconhecidos. Além disso, em 2012, a poucas quadras da minha janela, massas de estudantes tinham se apoderado do México, cem mil, cento e vinte mil; era plena primavera mexicana e os jornais não falavam em outra coisa. De alguma forma, essas mobilizações me deram força para seguir adiante.

---

[7] O termo *turco* é utilizado para se referir à população colombiana de origem árabe proveniente de países como Síria e Líbia que se instalaram na ilha a partir da migração produzida pela política de porto livre. (N. T.)

Pouco a pouco vai se desmanchando a praia que eu encontrei de manhã cedo, a da revista. O homem simples que instala as tendas dá uma martelada atrás da outra em direção até onde estou. As tendas, brancas e azuis, vão tirar meu espaço e já vêm chegando vendedores de cerveja e coquetéis, as massagens, as tranças, a manga. Olho dissimuladamente o produto, dois envelopes plásticos fechados cheios de brotos prensados, um mais escuro que o outro. É melhor ir para casa. Uma hora de sol já é o bastante.

Numa das minhas últimas visitas à ilha — vem à minha mente enquanto me esquivo das bolinhas de merda seca dos vira-latas —, minha mãe me contou que tinha acontecido algo estranho, me sussurrou como se fosse uma fofoca. As pessoas falavam de um barulho que vinha do fundo do mar, no sul da ilha. Os pescadores e os escafandristas falaram com a polícia e o Ministério não sei de quê enviou uma comissão que fez saídas de campo e concluiu simplesmente que o evento era um autêntico mistério. Nunca se soube o que poderia estar causando o fenômeno que fez com que desaparecessem cardumes inteiros de lagostas e de peixes. Era como um tremor tênue e constante. As igrejas de garagem se multiplicaram, houve gente que se refugiou no campo por uns dias, ouviram-se pregações sobre o fim dos tempos. Sempre o fim dos tempos, o início de outros, o fim, o fim.

A caminhonete dos militares está estacionada quase em cima da minha calçada, barrando meu caminho. Abro o portão de casa e cruzo o terraço, estou quente como a rua, abro agora a porta de madeira e sou recebida por um bafo de coisa guardada que não vai embora, como se a casa não me perdoasse o esquecimento. Eu me acostumo outra vez à reclamação enquanto pico a erva e tomo uma limonada com açúcar mascavo. A tarde vai terminar rápido. No crepúsculo, o fumo.

*Enrolar, fechar. Inspirar fundo,*
*Prender, soltar.*
*Inspirar, prender, soltar.*
*Repetir.*

Noite sem brisa. Dentro dos meus olhos, vejo uma corrente dessas, uma espiral que me suga, pequenas luzes, faíscas que são braços e se desenrolam. Minha cabeça gira, gira fisicamente?, não estou certa. Não queria sair dessa cadeira, ouço barulhos, mas não queria me mexer, não quero que nada me arranque desse momento.

Vou com a corrente, misturo-me com as ondas que se moldam e fazem um redemoinho, que são espirais de novo, entre vazios e túneis. Meus pais comigo, eu os vejo na mesa da sala de jantar por um momento, desaparecem. também repetiam "é melhor ir embora e não voltar". Vejo minha primeira recordação da cidade, a palidez das seis e meia da manhã, o olhar traiçoeiro do morador agachado. A lembrança seguinte são as putas, umas decadentes e outras maquiadas, de salto alto, esperando os clientes com as colinas ao fundo e as nuvens gordas. Sinto frio. Vou mais para dentro, outra espiral. Um braço perde o controle e reage devagar, o carro sai do caminho, eu recebo um telefonema, minha garganta se fecha. Tudo embaçado até o teto. Desmaio. Agulhas, sangue, bolinhas de algodão como paredes. Minha voz me pergunta algo. Quando, finalmente, você se lembra de alguém com quem sofreu, o que vê? Vê todo o seu corpo? Seu rosto? Recria uma situação? Ouve uma frase com a voz da pessoa? São uma ideia que divaga, são zumbis.

Chega até mim algo nebuloso, que é Roberto. A viagem a Miami, dias ensolarados em Guanajuato, as ruazinhas de paralelepípedos limpíssimas da cidadezinha, os concertos e as conversas intermináveis, meus sorrisos infantis. Estátuas e totens abrem a boca e os braços, a pedra e o bronze desmoronam, um Tláloc deus da chuva, pirâmides sem ponta. Ouço a flauta de tragicomédia em realejos, vejo esta casa, meu cubo branco magnético, é como um ímã para mim. Vejo a ilha, é uma caixa de ressonância, meus pensamentos se tornam vida.

Abro os olhos aqui. O sax de um *acid jazz* que soa da caixa de som me agita um pouco. Passo o monitor pelo braço, estou estável. Levanto-me. Percorro o corredor dos meus primeiros passos. Suspiro diante da escada, lembro-me de como cheguei a abarcar no princípio, nenhum e depois até três degraus com um só passo.

Não sei o que fazer com este lugar, não sei se quero voltar a preenchê-lo. Desço as escadas, olho para a sala de estar, a de jantar, vou à cozinha para abrir a geladeira onde queria me enfiar inteira, pego a jarra e fecho a porta, sirvo água gelada. Provavelmente beba do mesmo copo em que aprendi a tomar sem tampa. Ai. Poderia juntar tudo, vender e ir embora para sempre. Poderia fazer o que dizem por aí, reformar e ter uma pousada turística, que não teria nada de nativa. Poderia morar aqui. Há-há. Claro. Minhas pálpebras agora estão pesadas e tenho a sensação de cócegas no estômago, solto uma risadinha. Por ora deixarei que seja a noite de verão na qual as folhas do plátano não se mexem e se escuta um ou outro latido distante e a ronda lenta dos patrulheiros à meia-noite. Fumo mais, fico enjoada. Dou passinhos leves pelos corredores, escuto ecos, ando pelos cantos e olho por cima das quinquilharias nos quartos e para as pontas das lajotas lascadas. Quero voltar a ver tudo, cada mancha nas paredes.

Procuro algo, alguma coisa singular, entre as brochas e os rolos e as marcas dos mosquiteiros, e olho em cima da escrivaninha, no quarto de trás. Há duas máquinas de escrever que usei no colégio, uma mecânica e outra elétrica, há livros velhos que não joguei fora, mas sei que não lerei, há uma maleta que não abri porque me lembro dela desde pequena, deve conter pastas de seguros, apólices velhas, agora não quero ler palavras como dedutível, amparo, cláusula, risco ou condições. A máquina elétrica funciona. Procuro um papel para escrever, antes brincava imitando a secretária da minha mãe no escritório. Ecoa na minha mente o ritmo de uma banda de colégio que escutei de longe de manhã, imito a cadência do passinho preguiçoso dos desfiles do Vinte de Julho. Dou uma risada boba e fico surpresa de me lembrar disso, ok, continue, uma voz na minha cabeça, o pé direito para a frente e para trás, mexa os quadris e marche, para a frente e para trás, mexa os quadris e marche, mexa os quadris. Dou gargalhadas no vazio desse quarto bagunçado.

Sento-me na velha cadeira de couro que range e passo um pano pela maleta metálica. Seu bom estado me surpreende. Puxo as alavancas dos lados, está aberta. A-há. Então é isso. Guardou durante anos uns enfadonhos papéis soltos, a fatura do ar-condicionado central que tanto aproveitei, umas apólices que deixo de lado prevenindo uma alergia, um envelope grande pardo. Eu o abro; há papéis e algumas fotos lá dentro. Enfio a mão. Observo as folhas amareladas. São alguns documentos da agência de circulação e residência, umas cartas de estabelecimento da minha árvore genealógica. Vê-se meu sobrenome e lá no alto: *Jeremiah Lynton* e *Rebecca Bowie*. Pronuncio. Há uma foto em tamanho carta, em branco e preto. São eles.

    Ela é uma mulher sentada numa cadeira de vime, com o cabelo preto preso, maxilares largos e olhos pequenos, veste uma blusa branca de manga larga de gola rolê e uma saia preta que esconde seus sapatos. Não devia ter mais que trinta anos. Ele, de pé com a mão no ombro dela, veste um paletó simples, casaco bege com grandes bolsos quadrados, camisa e gravata brancos. Usa bigode e é um pouco calvo, talvez tenha quarenta anos, as comissuras dos lábios desenham um sorriso quase imperceptível. Ela desvia o olhar para a direita, ele olha serenamente para a câmera, no… no estúdio de The Duperly & Son Photographers, em Kingston, Jamaica, em 1912. Não consigo parar de olhá-los, examino a foto por vários minutos. Essa imagem é nova para mim, embora tenha cento e cinco anos. Rebecca e Jeremiah. Rebecca Bowie. Jeremiah Lynton. Falo seus nomes enquanto acendo outra luz para vê-los melhor. Por causa deles é que meu cartão de circulação e residência diz que sou raizal, essa é a informação que meu pai encontrou na occre há mais de duas décadas.

    Há mais fotos, das mesmas duas pessoas. Ele aparece um pouco mais velho num primeiro plano. A cor é sépia, posso perceber que certamente o velho tinha o cabelo loiro, embora sua pele seja bem morena. Olho para ela. Lamento que também nessa foto ela tenha o olhar ausente e o pescoço tenso. Sua mandíbula está cerrada, como se estivesse brava. "Jeremiah e Rebecca, tataravós", digo. Cochilo e a foto cai na escrivaninha velha, sinto um cansaço, quero afastá-la e fechar os olhos por um momento. Recosto-me no espaldar, soa o rangido da cadeira velha de escritório. Uma cigarra canta do outro lado do muro. Depois se cala. Passam-se alguns segundos e o silêncio é quebrado com um arranhão que vem do teto, dou um pulo e abro os olhos, olho para cima. Mais outro, mais outro.

## III. Divisões

A moto acelera. Eu me equilibro apertando as coxas, já conheço a técnica, meus seios não vão encostar nas costas do motorista por mais que o sujeito tente a cada freada. Eu vou ereta atrás da figura magra do homem, um cara de Soledad. Ao subir na moto, cumprimentei-o com naturalidade, como deve ser. Estou toda vestida de branco, vou a um concerto de música gospel na *First Baptist Church, 'pan di hill*, para finalmente me encontrar com Juleen.

Viramos pela rua da peixaria em direção à baía das sardinhas, diante da cabeceira do aeroporto. A lua me surpreende, poderia jurar que nunca a vi tão grande. Por um momento ela me arrebata, eu a vejo como se ela se lançasse em cima da ilha, em cima de mim, como se quisesse tocar em tudo. Seguimos pela base da força aérea, o homem de Soledad é risonho e atencioso, claro que eu gostaria mais se não freasse tanto. Tem occre, diz orgulhoso para que eu não me confunda, vive aqui faz trinta anos, de uma pensão, insiste que trabalha porque quer. Diz, do nada, que um dos seus hobbies é atirar, e ensinar os moleques a atirar. Agora não sei se devo descer da moto, estamos passando pela esquina em frente ao aeroporto. Permaneço. Vou lhe fazer perguntas. Em San Andrés há armas longas, claro que sim, me responde. Diminuiu a velocidade, para poder falar melhor.

— Essa rua agora está muito perigosa, não? — pergunto a ele, lembrando das histórias que ouvi faz pouco tempo, contadas pelo encanador.

— Sim, essa rua é complicada, não é bom passar por aqui à noite — diz e acelera um pouco —, bom, nem de dia também! O pessoal vem aqui querendo assaltar os turistas que vêm andando do aeroporto.

Vi muitos deles arrastando maletas ou com mochilas enormes nas costas. Isso também é novidade. Na minha época, todos os turistas andavam de táxi, os hotéis francamente não ficavam tão perto, não nesse bairro quente.

— E há cada vez mais roubos à mão armada, né? Na semana passada aconteceram três — eu disse com franqueza. Falei com um pouco de sotaque mexicano.

— Sim, mas a arma desses moleques normalmente nem está carregada, não tem nem balas — replicou o homem.

Dobramos por um cruzamento e subimos por uma rua que não conheço bem, mas sei que passa pelo Back Road, o bairro onde há pessoas que vão ao poço pegar água com um balde todos os dias. Em alguma dessas ruas, na semana passada, uma bala perdida matou um treinador de futebol infantil por aparecer na janela num domingo.

— É que eu ensino a quem me pede, rainha, você acha certo que os nicaraguenses venham se meter aqui? Já há vários deles, essa gente vai acabar... — continua o homem miúdo e pardo, ao qual chamam "professor", ou isso é o que ele conta. — Eu ensinei muitos turcos a atirar, eles cuidam das suas coisas, das suas mulheres.

Há dois meses amordaçaram uma mulher que vivia sozinha na sua casa no quilômetro 8, roubaram tudo dela. Há um mês, três encapuzados entraram numa casa contígua à sede da promotoria, a dona não estava, felizmente. Avançamos pela rua cheia. O homem não para de falar e eu volto a confirmar que meus anos aqui foram vividos num aborrecimento injustificado. "O professor" vive perto de onde estão construindo uma laje de cimento para um ginásio poliesportivo, em cima de um manguezal. Diz que em seu bairro a limpeza do esgoto corre por conta própria, em algum momento chegará a época das chuvas e os homens se organizarão para desentupi-lo antes que as inundações os atinjam até para cima da cintura.

— Até a cintura? — pergunto espantada.

— Ui, sim, isso é terrível, *mami* — diz. O sujeito se cala de repente, acelera diante de um lugar que reconheço. Num vídeo que vi anos atrás, algumas crianças se atiravam dos galhos dessa árvore para o caldo marrom recém-formado que subia até cobrir a carroceria enferrujada de vários automóveis estrangeiros abandonados. Saíam jovenzinhas carregando bebês e homens tirando baldes e mais baldes de água da sala para a rua, desesperados, embora ainda chovesse.

Um estrondo me distrai; é um choque, olho para a frente e tento ver de onde saem as notas do clarinete e esse solo arrebatado de violino. Quando chegará, quando chegará, quando chegará o dia da justiça? Se não há justiça, não há paz!, treme a voz de um coro e entram os timbales. Deve haver uma banda corajosa, aqui, ensaiando no parque desse bairro triste. Eu poderia dizer ao professor que é melhor descer aqui, mas não, não há quase ninguém e estou atrasada para a abertura do green moon festival.

— Merda, que treco alto! — solta o professor, eu confirmo que sim, está "alto". São cubanos, digo a ele, devem estar ensaiando para o concerto de quinta-feira.

Esse bairro foi fundado por um hoteleiro judeu. Meus pais falavam sobre isso na hora do almoço; chegou muita gente pobre de cantos longínquos e se converteu na força eleitoral do sujeito, ou melhor, do seu partido. Em época de eleição é uma visita-chave para os candidatos, que pavimentam avenidas de improviso e oferecem festas com bebida e *sancocho*.[8] Nos outros anos, durante o verão, há sede; no inverno, inundação. Ultimamente só há sede, isso e a avenida esburacada por uma obra abandonada que pode facilmente ficar anos sem terminar.

Vou observando, aproveito que o professor ficou calado, concentrado em evitar um acidente entre tantas motos e os buracos que ocupam a metade da via. Algumas quadras mais à frente, observo as casas de um lado e do outro e o formato da rua e sinto que atravessei uma fronteira, um muro. O entorno mudou num ponto indeterminado, agora seguimos por uma zona nativa cheia de ladeiras e menos decadente. Daqui se veem os tetos apinhados dos barracos. Uma gorda de rosto jovem usa shorts jeans curtos e uma blusa de listras horizontais; outra, uma magra de vestidinho amarelo que parece muito alta encolhida numa poltrona, pinta as unhas dos pés no terraço de uma casa que se ergue sobre pilares de concreto, de madeira sem pintura. Há tábuas cruzadas em jane-

---

8 Comida típica que consiste em grandes pedaços de carne, tubérculos e legumes servidos como sopa. (N. T.)

las que já não se abrem, há garotos de pernas finas que se sentam descalços em pátios sem cercas, contíguos à rua. Avós de bobes no cabelo assomam em portas que se abrem para fora. Homens bebem debaixo das árvores, observam as mulheres passarem, eu viro a cabeça como aquele beija-flor e me surpreendo procurando olhares, como antes. Subimos mais, estamos na frente da Mount Zion, uma igreja batista.

— E foi aqui que mataram aquele senhor dias atrás... — o professor quebra o silêncio. Não sei do que ele está falando. — Faz dois ou três dias. Ele se chamava Saulo e era pastor de uma igreja. Mataram-no por acaso, acho, erraram feio — reprovou negando com a cabeça.

— Por acaso? Foi com uma arma?

— Sim, dispararam na sua perna, ele sangrou muito porque foi se defender para que não o roubassem, estava chegando em casa.

Falta pouco para eu chegar à igreja que vou, pouco tempo para dizer a ele o que penso, um cara tão legal, o guia de um tour arriscado.

— Ei, professor, e você já pensou que algum dos seus alunos possa sair como louco disparando por aí? — Tento ser simpática, o sujeito meneia a cabeça. Vejo o colégio, o único que ensina em crioulo, o *First Baptist School*. Paramos devagar, eu desço e estendo a nota de dez mil pesos que já levava na mão. Olho dissimuladamente o homem e ele está bem vestido: de jeans claros, sapatos de couro marrom e camisa quadriculada bem passada. Parece muito bem para ser pensionista. Abre a pochete enquanto procura o rolo de notas para o troco, me dá uma olhada entrecerrada, com as sobrancelhas arqueadas vejo todas as suas rugas, queimadas pelo sol.

— Vou pensar nisso que a senhorita me perguntou — diz sério —, isso pode ser algo que me prejudique.

— O conhecimento é poder — me ocorre dizer, embora não saiba muito bem o que falar para não soar sentenciosa —, você está dando muito poder sem saber a quem, sabe... — Sorrio, o sujeito assente como satisfeito, me olha diretamente nos olhos com o queixo meio levantado, me entende, claro, mas me convida a praticar, de graça, no seu campo de tiro. Me diz que anote seu telefone, eu salvo assim: "professor". Eu diria que ele não entendeu nada. Aqui, não dá para ver a lua entre a folhagem dos tamarindos e frutas-pães, apesar de ser o ponto mais alto da ilha, a dezesseis metros acima do nível do mar. A noite está fresca e há muita gente entrando na igreja, que tem a fachada iluminada de violeta. Giro o corpo para passar entre a fila de carros estacionados que vai até dois quarteirões mais abaixo. A estrela da noite é um cantor jamaicano, um rapper que abandonou as drogas e se converteu ao gospel. No primeiro plano do cartaz, ele aparece com tranças grossas feitas desde o couro cabeludo, um agasalho preto e um sorriso cintilante. É a primeira vez que entro na *First Baptist Church*.

Não começaremos pontualmente, é claro. Não vejo Juleen nem ninguém que eu conheça, há senhores muito altos e elegantes, senhoras de saias longas de pano, outras de túnica e turbante. Sento-me num banco na metade do salão e aproveito a solidão para refletir sobre esse lugar. Minha avó o mencionava em algumas das histórias que cheguei a escutar dela e era um ponto de referência nos nossos passeios dominicais. Parecia quase um lugar turístico, ao qual vão apenas os turistas ou os fiéis, e não nós, os *pañas*, a gente do North End.

A igreja foi trazida do Alabama e reconstruída aqui, em May Mount, diz o folheto que encontro em cima do banco, para exaltar a congregação e estendê-la ao mundo a partir do mirante infinito no campanário. Mais ou menos isso.

Estou sentada na madeira que um verdadeiro emancipador embarcou para San Andrés em 1844, o da foto, Felipe Beekman Livingston Jr. Levanto novamente a vista para o retrato de um senhor de olhar hipnótico que é o primeiro numa fila de sucessão. Eu diria que observa impotente sua posteridade, do seu lugar acima do corredor e à direita do altar. Tem barba, como a de Abraham Lincoln, a gola alta do seu casaco preto marca-lhe as feições alongadas. O folheto prossegue: Philip Jr. estudou em Londres. Nos Estados Unidos, foi batizado no novo credo batista. Toda a sua missão nessas ilhas nasceu com um pedido da sua mãe, nascida em Providencia, de sobrenome Archbold, filha do governador das ilhas na época.

Será que é comum que as pessoas tenham fotos dos seus messias, que possam olhá-los nos olhos? Os messias do catolicismo estão em pinturas, em representações subjetivas, não em fotos. Livingston não é qualquer pastor, olha para a frente com uma paz solene, com o ar de alguém que encontrou o perfeito sentido histórico para a sua vida, firme, como se soubesse que depois do disparo do flash, depois da enorme câmera fotográfica, encontraríamos seus herdeiros. Depois da sua, aparecem as imagens do seu filho e seu neto, seus sucessores, e depois as dos homens mais recentes chegam quase até a entrada.

Faz calor na igreja apesar da hora, tenho um leque de madeira e devo parecer essas velhas senhoras daqui, comecei a suar. Enquanto espero Juleen, imagino um jovem com as cartas de apresentação que sua mãe mandou que levasse, falando com os donos das plantações, com certeza velhos reacionários, convencendo-os para que cumpram a lei e libertem seus escravos. Livingston foi mais além do que lhe ordenaram, não ficou na emancipação apenas no papel, mas ensinou os recém-libertados a ler e escrever, planejava para eles uma educação para aprender a trabalhar a terra e comercializar seus produtos.

Está para acontecer alguma coisa, deixo o folheto sobre as pernas, o auditório se cala. Uma solista com um vestido branco de cetim inicia um soprano de notas altas e vibratos longos. Nas músicas seguintes, ela é acompanhada ao piano por um homem de paletó e gravata. Depois de cantar melodias lentas, nostálgicas, a mulher mais velha se despede entre nossos aplausos, apesar de desafinar um pouco. O anfitrião de óculos anuncia o próximo ponto da programação, é o coral da igreja, o piano os introduz, todos nós aplaudimos e eu escuto vozes bem afinadas, caem como uma garoa excelsa, que não se sabe de onde vem. Entrando por uma das portas ao lado do altar, aparecem em fila as pessoas que vi antes, com túnicas de estampas coloridas; refletem nessas vestes uma elegância que é um privilégio próprio das suas cores. Deslizo um pouco sobre o espaldar, a luz branca da igreja é muito forte, me incomoda, eu gostaria de flutuar entre as notas do piano, chegar a um estado de louvor. De repente, a igreja fica abarrotada até o segundo andar, os fotógrafos rodopiam e se escutam as vozes que aumentam de tom e volume, até quase gritar um *higher, higher, lift me higher!* Sinto subir um calor dos quadris até o alto da cabeça, por fim a luz muda, de violeta para verde, de verde para rosado: *Oh Alelujah Akekh 'ofana naye, I serve a very big God, oh!* Volto-me para Philip Jr., e sinto que ele observa minha cara de remoção. É isso, uma remoção. Aproveito, o auditório se levanta ao comando da voz principal e ao das pernas, observo o rosto das pessoas. De novo, como no colégio, sou a pessoa mais clara dessa plateia. Cantarolo o que entendo do refrão e, disfarçando, o que faço é procurar traços de Ms. Rebecca, do seu olhar torto, da sua boca cerrada. Devem estar por aqui também os filhos dos seus contemporâneos, gente com quem compartilho uma história, contada de outra perspectiva.

Não parei de pensar na imagem que encontrei da minha tataravó, coloquei-a num velho porta-retratos sobre a mesinha da sala de jantar. Não, não a vejo em nenhuma dessas caras. Enquanto levanto os braços para cima, como ordena a voz feminina principal, me passa pela cabeça que aqui mesmo pode ter sido seu batismo. Ou será que era católica? *Sanjolama Yahweh nabito, sanjolama, sanjolama!* Escuto, tento entender. No folheto da programação se diz que os refrãos estão em zulu. Sinto as vozes dentro de mim, como cócegas percorrendo minhas veias. As luzes mudam para violeta, azul, verde de novo, sopra uma brisa pelas janelas abertas. Depois da eletricidade de duas músicas seguidas, o coral assume uma atitude de súplica, o tema é uma balada que escutamos sentados de novo. O recinto se ilumina outra vez de branco quando o coral se despede, eu aplaudo, fascinada, tiram as túnicas, cheias de mensagens criptografadas em mosaicos e *animal print*. O cantor da Jamaica se prepara, anuncia o simpático anfitrião de cerca de cinquenta anos, que está com uma roupa de sarja.

Recebemos o artista principal com um aplauso tão entusiasmado como o que demos para o coro local. Chega vestido de preto e gola alta, como se a foto para o cartaz tivesse sido feita agorinha mesmo. Começa com uma oração sentida, as notas caem perfeitas no tom, que começa a aumentar, aumentar, aumentar. A mulher do meu lado se põe a aplaudir e toda a igreja a segue. Olho para as pessoas que se levantam e começo a imitá-los. Não. Faço menção de me levantar, mas minha vista se torna nublada, oscilante. Por um momento, a música se faz distante, se distorce, começo a achar que a igreja se converteu numa enorme lata.

Levanto-me, tentando me controlar, respiro fundo, começo a sentir que me afogo. Pego minha bolsa e me lembro de que não trouxe pastilhas de glicose. Sou um desastre. Comi antes de sair, não entendo essa sensação, o que está acontecendo comigo? Ninguém nota minha figura desconjuntada enquanto saio sentindo que meu corpo é líquido e que não posso contê-lo, que se move em direções opostas, que me espalho toda. E onde está Juleen? Respiro melhor ao encontrar um ar mais fresco. Estou no pórtico da igreja, numa sacadinha onde as pessoas também se amontoam, abro passagem com os braços, não tenho forças para pedir licença. Os islenhos sempre chegam atrasados. Tenho de descer as escadas brancas para chegar à calçada da frente, a uma mesinha coberta com toalha de plástico que consigo ver de onde estou. Passo o monitor em cima do sensor no braço esquerdo, marca 78 e do lado uma flechinha que aponta para baixo, por quê? *Fuck!* "A glicose deve estar abaixo de 130 mg/dL e acima de 70, ou posso desmaiar", repito, repito na minha cabeça. Sinto como se dois dedos indicadores pressionassem minhas têmporas para dentro. Atravesso a rua, sem olhar, a única coisa que distingo é onde está o açúcar.

Vejo a mulher, uma figura alta que está atrás da mesa cheia de recipientes de alumínio e de plástico, cravo o olhar nela e tudo ao redor se esfumaça, são ondas e faíscas, ondas e faíscas, ondas e faíscas. A mulher da *fair table* se apruma e me cumprimenta.

— *Hello, mami* — ela me diz numa voz grave e sedosa, como a de alguma canção de *soul*. Aperto os olhos e vejo que ela tem um sorriso amplo, e há uma ponte entre os dois dentes superiores.

— *Good evening, ma'am* — respondo —, *yo gat sugar cake?* — pergunto a ela no crioulo que aprendi nesses dois meses de praia e de música.

A mulher alta canta também, seus braços e os quadris dançam, enquanto aponta a comida com a unha longa e perolada de um dedo indicador e com a outra mão destampa e tampa cada panela e cada prato no compasso de um verso feito de puro doce.

— Aah, yeees, miss, mi gat sugar cake, bon bread, journey cake, lemon pie, plantin taart, crab patti...

Sugar cake, sussurro. Dou uma grande mordida na guloseima marrom. A borda é mais dura que o resto, saboreio a canela, o coco, açúcar, o açúcar que está fugindo de mim. Uma árvore de *bread fruit* sacode os galhos acima de nós, *sit, mami, sit, enjoy di tiest. Me bake 'em miself, tell me, yo want some mint tea?* Ela mesma os faz, esses *sugar cakes*, ela me pergunta se eu quero um chá de menta, com certeza vem do seu *yaard*. Sua expressão é tão terna, eu a imagino falando com suas plantas. Estou sentada de pernas cruzadas e mastigo encolhida, com um cotovelo apoiado no joelho. A mulher pergunta meu nome.

Ela se chama Josephine. Enquanto espero a glicose subir não deixo de observá-la, sua pele lisa, seus lábios pintados de rosa. Respiro fundo enquanto sinto a consistência da massa na minha boca se desfazendo. As luzes da igreja mudam de novo, com o azul soa agora um piano um tanto melancólico.

— você já tinha vindo a um concerto antes? — pergunta a mulher enquanto abre uma garrafa térmica de alumínio e despeja lentamente o chá num copinho de papelão, o R da sua pronúncia é inglês, tão comum e tão parodiado pelos residentes e raizais quando falam em espanhol.

— Não, sei que é incrível — dou de ombros.

— Você está visitando de que país? — diz com propriedade, pronunciando sempre o T e o D como se os soprasse da ponta da língua, e o S serpentino e alto. Ela me estende o chá, a voz ressaltando os olhos esbugalhados antes de me dar as costas em direção à sua cadeira.

— Sou daqui — pego o copinho e aprumo as costas.

A mulher para de repente antes de se sentar, me lança um olhar e aplaude soltando uma gargalhada, eu dou um pulo. "Você é daqui?

Os cristais do sal 53

Nunca te vi, *mami!*", vocifera com a voz sedosa que dessa vez sai do fundo da sua garganta. "quem são seus pais? Quem sabe eu os conheça...". O bairro inteiro poderia escutar minha história nesse momento, seu ânimo me acalma. Respiro fundo. Ela me injetaria glicose se eu desmaiasse.

— Eles já não moram aqui, mas eu sou raizal pelo lado da minha avó paterna — digo com a intenção de testá-la, e compartilho minha história como se o sangue deles fosse minha própria carta de apresentação, como o de Livingston.

— *Yo deh raizal?* — grita. — Ai! Diga-me, *mamita, how yo niem?* — a avó negra se emociona.

— Lynton e Bowie — respondo, e respiro fundo de novo, bebo um golinho do seu *mint tea* quente. Tento manter o olhar fixo na grande silhueta de Josephine para evitar o enjoo, sua animação me distrai, mas minha prioridade é não perder os sentidos, empurrando mais *sugar cake* entre a náusea e as gotinhas de suor frio que começaram a secar na minha testa.

—*Bowie y Lynton* — diz ela —, *Bowie from Bowie Bay, and Lynton come from Little Gough* — sussurra como se falasse consigo mesma, enquanto assente com o mesmo ritmo lento. Eu a vejo cheia de graça, com essa coroa de tranças que circula sua testa. Vejo os sulcos dos seus cabelos grisalhos encaracolados.

— Você conhece a história desses sobrenomes? — digo num tom ansioso, devo ter feito cara de tonta. Seus dedos gordos se sacodem e a ponte aparece de novo.

— Claro! — exclama com uma voz aguda. — Lynton há apenas um — enfatiza, apontando para mim com o indicador —, então você é tataraneta de *mista* Jerry Lynton.

— *Dat so!* Jeremiah... — respondo e, enquanto me ajeito para virar a cadeira até a sua, ela bate palmas outra vez. *Mmmm, what a story!*, exclama ela com sua voz de melaço, fazendo chocar os dedos numa agitação das suas grandes mãos. Então eu falo crioulo sim, afirma enquanto gira para se sentar de novo na cadeira; eu digo que o que sei chega praticamente até aqui. Minha imitação é risível, com certeza.

— Bom, eu conheço suas raízes, *your ruuks, mami*, ai, e você não tem culpa... — Vira o tronco com um pouco de dificuldade e ajeita o vestido bege de florezinhas roxas para enfiar a mão no bolso esquerdo. Tira dali um doce de cor verde-clara, parte um pedaço e o oferece a mim.

— Experimente este, *mama* — me diz, e parte um pedaço igual que em seguida leva a boca.

Sinto um sabor de baunilha, de cravo. O doce se desmancha, sinto fiapos de coco, gosto de chocolate, de gengibre. Ervas. É como saborear, de alguma forma, o cheiro defumado da terra molhada.

— É que eu sei que você pa*r*ece com as Lynton, branquinhas assim, uma delas e*r*a até mais que você, *r*osada! — Josephine ri quase histérica.

— A-há! — solto e pigarreio —, do que é esse *sugar cake*? — digo, lambendo um dedo.

— Ah! *Dat di special one, mami*... Eu me lembro da Ione — começa de novo —, era alta e *r*osada — repete antes de uma pausa breve —, você sabe que ela foi enfermeira du*r*ante a Segunda Guerra Mundial? Foi pa*r*a a Inglaterra e nunca mais voltou. Violet foi para os Estados Unidos, se casou e também nunca mais voltou a vive*r* aqui — continua. — Miss Cass tem filhos aqui ainda — diz como se a Miss estivesse viva —, mas você — se inclina para mim —, você é mais como Rossilda, com esse seu queixo, com os olhos assim, grandes — abre as palmas das mãos.

— Rossilda, sim, minha bisavó — tomo outro gole morno, começam a se desenhar ramos e raízes, ramos e raízes —, e você acha que eu pa*r*eço com ela?

— *A remba dem, yeeh, mami*, você tem a mesma forma. — Passa a palma perto da minha cara, como se pudesse desenhar seus traços em mim. Está tão perto que sinto seu hálito doce.

— Eu tenho um irmão que dizia que bateriam nele e o prenderiam se falasse crioulo no colégio que seu bisavô fundou, então ele ficava calado e não falava nada, por isso é que você também não fala crioulo. — Josephine me oferece algo que me sirva como desculpa. Eu olho para ela em silêncio, inclino o rosto e encolho os ombros com os olhos bem abertos.

Recordo a insistência da minha avó: inglês *britânico!*

— Sim, sei que meu avô, José Alberto Munévar, foi o fundador do bolivariano, que antes era um colégio para homens, batiam nos meninos por essa razão?

— Bom! Nessa época batiam nos outros por qualquer coisa! Huf! Fuf! — gira o tronco, pega as bordas do vestido longo e as sacode, acalorada —, quanta gente ainda bate por qualquer coisa!

— *I guess it's true...* — digo num inglês neutro.

— Uma filha de Lynton — afirma para si mesma. Escuto as rãs e ao longe o gospel explodindo.

— Era disso que se tratava, não? De que não se falasse crioulo...

Penso na Colômbia, em mim, no susto, na timidez que eu sentia, que eu sinto, quando alguém fala em crioulo e eu não entendo nada.

— Você sabe que seu tataravô foi um dos que assinaram a favor da criação da intendência? — pronuncia as quatro últimas palavras fazendo uma mímica como se dirigisse uma orquestra. — Miss Becca, sua esposa, *di sad uman...* Dizem que não deixava que suas filhas ficassem perto dele, porque ele era um *obiá* — faço cara de não entender e ela se detém —, ... *gyal*, um *obiaman*, um bruxo — ela se cala, eu me dou conta e abro os olhos como quem escuta um estalo.

Em seguida vem à minha mente uma onda de imagens opacas, frascos com ervas e azeites, bichos raros, estados de transe de negros, pingos de sangue caindo em caldeirões ferventes, passa essa lufada num instante, quando escuto os galhos que não param de estalar.

— Então o velho Jerry Lynton era bruxo — repito, ela assente com veemência —, mas o que fazem os *obiás*, Miss Josephine?

— *Dem kian watch unu!* — diz com tanta seriedade que me parece imprudente duvidar. — Jeremiah trabalhava no seu sótão, e a velha Rebecca pôs fogo nele um dia antes de ir para casa com seus seis filhos. *Obiás* veem as pessoas por dentro, o passado, o futuro, e *realizam desejos* — dança com os braços para trás e para a frente, aplaude com suas mãos grossas. — Jerry era um comerciante, dono do único armazém da ilha, todo mundo fazia compras com seu avô, *yeh, old Jerry Lynton...* Eu tenho guardado um Rubinstein

Coin — diz fazendo um círculo com o indicador e o polegar —, não haviam se passado nem cem anos de termos nos unido à Colômbia, as escunas traziam outras moedas, dólares, faziam comércio com o Panamá, com Gran Cayman, com a Jamaica...
— Um Rubinstein Coin? Havia uma moeda que se chamava assim? — liguei o sobrenome a um intérprete famoso de Beethoven.
— Mas esse não era um sobrenome judeu?
— Era de um judeu sim! Ele fez sua própria moeda, aqui não havia, ele foi concorrente do seu avô — Josephine me conta toda alegre e eu penso em outro senhor como Jeremiah, com seu paletó claro e sua gravata branca.
— E então Jeremiah assinou para a criação da Intendência — digo suspirando e imitando-a em sua mímica. Ela ri devagarinho, *yeh, mamita...* — Meu pai dizia que ele morava em San Luís, mas não sei exatamente onde, e ela, Josephine? Onde vivia Rebecca?
— Little Gough, ele vivia em Little Gough, e ela depois em vários lugares com suas filhas, um bando de crianças, por causa da magia e porque ele se amigou com outra mulher, uma negra! — a voz em tom de piada —, mas ele ficou com muitas terras pelo seu casamento. Minha avó dizia que por isso Jeremiah se casou com Miss Becca quando chegou de Kingston, o pai dela a casou com ele porque era estrangeiro, assim ela não precisaria se casar com algum dos seus primos!

Ela olha para mim e dá risada. Não havia muita gente em San Andrés, portanto agora me parece que talvez Rebecca esteja chateada nessa foto. E que Jerry era bonito. Josephine volta a apertar a saia com suas mãos grandes, eu olho bem para ela e tento me procurar na sua figura, em todo o conteúdo do seu corpo, entre sua memória, que acaba de me dar um lugar que nenhuma cidade pudera fazer.

— Você sabe muito mais da minha família do que eu, que até agora só encontrei na minha casa uma foto deles dois — digo com vontade de mostrá-la, mas ela me interrompe.

— *Ah, so dem show up!* Se a foto apareceu para você, o bruxo quer alguma coisa — bate palmas e dá risada, agora travessa. Parece que

estou vendo o *obiá*, elegante, sussurrando no ouvido de Josephine.
—Você tem que *escutá-lo*, nem todos procuram seus mortos. — Respira fundo, agora baixou o olhar. Ela me deixa pensativa, mas o doce mantém minha cabeça fixa na imagem da foto. *Dem show up*, repito na minha cabeça. Já não sinto a queda de glicose.

— As pessoas passam tudo aos filhos — diz a mulher Josephine suspirando e olhando no bolso do qual antes tinha tirado o doce —, e se não for feliz, passa também, os filhos ficam com perguntas, como você, *mama*.

Ela me deixa muda por um instante. Aparece num flash minha mãe, banhando-me no mar, enquanto meu pai cozinhava na praia de águas tranquilas de Cocoplum Bay. Lembro-me do meu pai, cheio de frustrações, mas gastando dinheiro com o filho da sua amante jovem, minha mãe chorosa, abatida, ciumenta. Volto-me para os olhos de *Maa*. Minha garganta se fecha.

— Sim, as coisas são herdadas, né? — murmuro. — E depois tomamos decisões equivocadas e os problemas aparecem...

— *No-uh!* Mas os problemas não existem — Josephine faz cócegas no ar quando fala. — Algo só é um *p*roblema se sua memória não consegue *r*esolver a coisa que tem, ap*r*ender com os *e*rros dos outros — diz, dando uma batidinha na cabeça e apontando para os seus fios brancos.

Interpreto Josephine como se fosse uma aparição, um fantasma. Perdi a noção do tempo. Ela me diz que se alguma coisa é um problema, deve-se esquecê-lo, que problema eu vou ter?, me pergunta. Agora, nenhum. Sinto-me leve, posso sair flutuando nessa cadeira de plástico e ir para longe do campanário da igreja, olhando de lá de cima para a árvore de tamarindo. O *Tamarind Tree*, digo em voz alta, dou risada, continua ali a árvore que deu sombra aos alunos de Livingston, com quem ele formou uma sociedade atípica de emancipados com terra, aos quais ensinaria a ser livres. Mas muitos não sabiam o que fazer sem a figura do amo. Vejo a mulher soltando pequenas gargalhadas e dizendo algo que não consigo entender. As pessoas começam a sair da igreja para o hall, agora de luz azul, há figurinhas descendo as escadas. Josephine sorri de novo.

— *How much fi everything*, Miss Josephine? — pergunto-lhe num tímido crioulo, as pessoas virão em busca dessas empanadas de caranguejo, sem dúvida, eu já estou de novo "firme", passo o sensor pelo braço, 110 mg/dL.

— Nada, *mamita*, isso sua família já pagou para você.

— Não, Miss Josephine! — enfio o sensor na bolsa e me levanto, com pressa, estive tão imóvel que sinto como se flutuasse de verdade, os braços e as pernas adormecidos.

— É verdade, *mami* — diz ela, tranquila, enquanto se levanta também, lenta, quase cerimonial —, você deve ser tipo minha sobrinha-neta, e de olhos verdes!, *good, prity gyal, just look 'pan' dem, ancestors!* — diz a mulher balançando uma bandeira imaginária com o braço erguido. Dou-lhe outra olhada e volto a rir. Insisto inutilmente. Queria que ela me abraçasse. Poderia ser minha *Maa Josephine*, ou *Big Mama Josephine*. Ela é feita de doce, é um grande confeito de *sugar cake*. Eu me aproximo dela, toco seu braço e lhe agradeço com insistência em todos os idiomas que conheço, *Maa Josephine* só me dá tapinhas nas costas. *Alright, mami!*

Eu podia chorar. Sinto-me leve, *everything irie, miss Lynton!*, grita Josephine. As pessoas começam a inundar as calçadas, eu atravesso a rua para começar a descer, quando percebo uma mulher alta e magra que vem na minha direção, sandálias prateadas, saia violeta até os joelhos e blusa amarela justa tomara-que-caia. Impossível não notá-la.

— *Gyal! Whe' yo deh!?* Eu estava te procurando entre as pessoas e não te vi! — grita Juleen.

— Miss Juleen! — grito também e dou-lhe um abraço que a envolve toda, igual à última vez que a vi no colégio.

— Tive que sair... Você está linda, Miss Juleen!

Ela usa tranças longas e está radiante, de verdade.

— *An whe' yo guain? Mami*, temos um *thinkin' rundown* — diz e me persuade com sua voz fina e as pestanas longas —, eu estava te procurando!

— Um *what*? Um *rondón* de pensamento? Isso me soa tão exótico...

Os cristais do sal **59**

Juleen me pega pelas mãos e me leva para onde sua moto está estacionada. Sua animação me diverte, ela me pergunta pelo concerto, que tal o jamaicano?, mas eu lhe conto que estava na *fair table*. "Você conhece essa sra. Josephine?", pergunto a ela. Nem olhei para a mesa, diz. Antes de subir na moto, ela me conta que o *rondón*[9] é no Gough.

---

[9] O *rondón* é um dos pratos mais típicos da ilha de San Andrés. Historicamente, esse tipo de ensopado costumava ser preparado pelos homens. Leva peixe, marisco, banana verde, leite de coco, mandioca, pimenta e pimentão. Tradicionalmente, é um prato cozido ao ar livre, num fogo alimentado com folhas de coqueiro e cascas de coco. (N. T.)

## IV. LIKLE GOUGH

O calor me despertou com sua rudeza, e o galo e a broca. Não paro de olhar para ela, mas a figura teimosa de Becca ainda tem o olhar perdido, foge de mim enquanto levo à boca meu singular café da manhã, uma batida espessa feita com canela e com o *bread fruit* que peguei ontem à noite no pátio da universidade, no Gough. Essa é a primeira batida de fruta-pão que provo, e acho que agora sim mereço a occre, porque pude prepará-la e sobretudo porque não a preparei de qualquer fruto.

Fiquei acordada por horas. Cheguei em casa e já passava da meia-noite, num estado totalmente alucinatório. Entre a voz evangélica de *Maa Josephine* e uma panela de *rondón*, acho que tive visões de zumbis, escravos, revoltas. Depois me vi no espelho grande da entrada da minha casa carregando um *bread fruit*. Levei-o para a cozinha sem acender as luzes, subi as escadas e fui diretamente me jogar na cama. Uma ventania repentina na madrugada evitou que eu ficasse me abanando. Quando fechei os olhos, a última coisa que se escutou foi o monólogo do plátano contra a grade. Um barulho que deve ter sido mais forte me tirou de um lugar incerto, no qual o fantasma da minha mãe me perguntava pelo anel de diamantes que ela tinha me dado.

Abri os olhos aturdida na madrugada, agora o que era? Sei que devo ter medido minha glicose, apesar das trevas nos olhos. Não era o açúcar. Levei os braços acima da testa e fiquei quieta esperando que o barulho se repetisse. Estive a ponto de adormecer de novo, quando notei que o barulho das folhas contra a grade se transformou de imediato em prelúdio para outro movimento dramático. Fiquei sentada na cama por causa do impulso e aí ouvi de novo. Crac, crac, crac, arranhões. Numa fração de segundo examinei mentalmente o mapa do forro da casa, algo se arrastava ali. Era um rato, com certeza. E então devia ser um rato gigante. As lâminas de madeira vibravam. Mas se o dedetizador disse que não havia animais no forro, depois de passar por ali com esse *fuckin* azeite cuja limpeza roubou de mim três dias de vida, pensei. Era alguém, havia alguém no forro. Mas quem, caralho, e por onde entraria? Uma criança, um cachorro, um gato. Não, não acreditei, nem acredito, em nenhuma das minhas teorias. Levantei-me e tentei seguir a direção do barulho, como o daquela noite em que vi pela primeira vez Becca e Jerry.

No corredor escutei o deslizar, o barulho sinistro da fricção, de um corpo se arrastando, lento, pela madeira. Senti esse movimento com uma pontada indescritível nas axilas e com um jorro de suor percorrendo minhas costas. Pelo susto, fiquei com mais calor. Parei de me mexer. Senti cabos se arrastando, a vibração do teto, o detestável ruído de garras contra uma chapa de zinco. Fiz uma linha do meu quarto até um canto na suíte que era dos meus pais. Detesto os outros habitantes da casa, pensei, estavam ali, prum! pram! crick, crish... Silêncio. Depois de uns instantes, não escutei mais nada. Senti as pálpebras pesadas, os braços frouxos. E se eu ignorasse aquilo? Eu estou aqui embaixo e essa coisa está lá em cima, ponto final, disse a mim mesma. Se era um rato, uma família de ratos, tudo bem, resolveria aquilo de dia, isso, é melhor, pensei.

Agora, de dia, não tenho intenção alguma de me enfiar na sauna em que se converte o forro a essa hora. Em vez disso, olho minha Rebeca nos olhos, mas ela foge de mim. Eu gostaria que sua inimaginável voz de mulher me respondesse, lá da eternidade. Depois da viagem de ontem à noite, depois desse mingau, a eternidade é aqui mesmo. Da parte de Jeremiah, por exemplo, tive muitas notícias. Olho para ele e quase sinto que ele está me cumprimentando, ali da foto, ou desse prato, da colher, na fruta-pão.

Ontem à noite, Juleen desceu voando por todo o Harmony Hall Hill até o leste. Eu ia ereta no *ride* pela coluna ondulada do cavalo-marinho, margeando casas de madeira com pórticos antigos e jardins cheios de flores que na sua maioria reconheço de vista, mas não sei nomear. Registrei caienas e buganvílias de vários tons, e o resto, colorido e exagerado. As mangas, pequenas, apareciam de ambos os lados da avenida, mais abaixo se estendia também um leito com cajás e tamarindos. Indo a noventa quilômetros por hora, chegava até nós o cheiro de fruta madura e, mais abaixo, de sal. Começavam a aparecer alguns enormes caranguejos da terra, brancos e azuis, nervosos como sempre.

O morro do mexicano, como os continentais chamam essa zona, tem uma ladeira bem íngreme, pela qual alguns moleques, apesar da hora, ainda desciam a toda a velocidade em bicicletas desconjuntadas. Uma tentativa de suicídio. Repassei na mente a conversa com *Maa Josephine* sem poder esquecê-la e aproveitei para matar a curiosidade com Juleen.

— Ei, o que você sabe a respeito dos *obiás*, amiga? — perguntei-lhe tratando de soar casual. Minha amiga nasceu e se criou em Barker's Hill e já tinha me contado, sem dissimular o orgulho e, na mesma medida, o desespero, que nesse bairro havia menos mistura com continentais do que em outras zonas nativas.

— E por que você está perguntando por *obiás* agora? — Juleen diminuiu a marcha para passar numa lombada e nós duas pulamos no banco.

— Escutei falar deles... faz tempo, talvez minha mãe tenha ido se consultar com algum.

— Eu nunca fui nessas coisas — ela disse tranquila e acelerou um pouco —, embora muita gente da igreja também vá, agora há um famoso em Providencia...

— Minha mãe me contou algo incrível, que num papel branco que ela mesma levou o *obiá* deixou cair uma gota de sangue do dedo dela e depois colocou o papel para esquentar na chama de uma vela, disse que de repente começou a se desenhar uma árvore da vida e... e não me lembro do resto da história.

— Caramba! — respondeu Juleen, e ficou calada por um momento, como se também estivesse se lembrando de alguma coisa.

— Pois aqui isso acontece desde sempre, quando as pessoas vão em busca daqueles que lhes dão conselhos, e fazem bonequinhos de cera para prejudicar os inimigos e não sei mais quê... e não, não, não, não! — suas tranças se agitaram com o movimento da cabeça. — Huh! Filhinha, aqui o *obiá* seria o melhor repelente para não se meter com o marido alheio! — nem bem começara a falar como se tivesse visto com os próprios olhos, mudou de assunto sem fazer uma pausa: — Amiga, olhe para esse lado — apontou com a cabeça para a direita —, esse terreno aqui em Harmony Hall é onde os raizais querem fazer um cemitério. — Passamos rápido e depois apareceu o sinal que indica que, descendo por um caminho esburacado, fica o Duppy Gully.

— Harmony Hall? É assim que se chama? O morro do mexicano?

— Como assim? Não se trata de nenhum morro de mafiosos ou coisa parecida, e aonde estamos indo não é apenas "San Luís, onde vive o povo feliz" — ela zombou —, mas Likle Gough! É que as coisas aqui já tinham outro nome faz é tempo!

Ela se balançou de um lado para o outro na moto, pronunciando com uma dicção menos formal que a de Maa Josephine: *Likle Gough*.

— Sim, sim, abaixo os *pañas*! — eu disse, dando-lhe um beliscão na cintura, e nós duas caímos na gargalhada.

— E o Duppy Gully não era um pântano? Vocês estão planejando fazer o cemitério ao lado de um pântano, Juleen? — perguntei, pensando nos conceitos mais básicos sobre os pântanos dos últimos anos de colégio.

Apenas quando San Andrés se tornou uma reserva de biosfera da Unesco, em 2001, começaram as aulas de educação ambiental. Um professor vindo da Alemanha foi quem pressionou para que essa fosse a ênfase do nosso curso, embora tenha levado anos para que outras escolas adotassem a iniciativa. De qualquer forma, já naquela época, todos os ecossistemas estavam em perigo fazia anos. Juleen me respondeu com algo que me gelou.

— Manguezal ou não, *duppy* é *duppy*, é o pântano dos espíritos, ali já existem fantasmas, alguns a mais ou a menos, o que isso importa?

O barulho de um escapamento nos interrompeu, o barulho de dois, de fato; dois garotos nos ultrapassaram numa frenética corrida para baixo, Juleen assobiou de volta e gritou *Alright!* Era seu primo, ela disse, um cara da mesma cor que ela, do tom de cacau, com longos dreadlocks balançando no ar.

— Acredita-se que existem fantasmas no Gully?

— É que *duppy* significa isto, espírito. Lá embaixo é que iam parar muitos escravos tentando se esconder. Além disso, supõe-se que quando as quadrilhas criminosas querem desaparecer com alguém, jogam-no lá — disse isso baixando a voz e diminuindo a velocidade para pegar a avenida principal, já estávamos de frente para a praia de Sound Bay. Você não sabia?, Juleen me perguntou. Não, é claro que eu não sabia, como eu poderia saber? — É sério, *gyal*, um cara do bairro do meu namorado trabalha distribuindo as drogas das quadrilhas, muitos moleques entram nessa, é por isso que sabemos que é verdade.

— Eu não sabia que havia gangues criminosas na ilha, que merda, pensei que era algo do interior — disse com vergonha evidente. Eu me senti inútil sem poder contribuir com algo inteligente.

— Ah, sim, filhinha, turismo, drogas, como não? — Juleen disse diminuindo a voz.

— Amiga, esse é outro assunto, mas enterrar os mortos num pantanal não é uma boa ideia, vamos acabar bebendo água de morto...

— E a superpopulação de mortos, onde os enterramos? No mês passado, o governo pediu à minha mãe que exumássemos o cadáver da minha avó!

— O QUÊ? — gritei alto. Juleen já estava parando perto do cruzamento com a avenida principal.

— *Yeeees!* O que você acha disso? — Tirou a chave, desci da moto e ela continuou falando. — E nós tivemos que exumá-la, eles nos deram um milhão de pesos e nos disseram que tínhamos de manter os restos em casa, que não podíamos enterrá-los, nem mesmo no quintal, porque é contaminação. Já chegamos, *come, gyal*!

Com a brisa e o barulho do mar na baía, parecia que havíamos estado conversando sobre outro lugar, um lugar distante, um gueto onde as pessoas desaparecem ao virar a esquina, onde os adolescentes conseguem empregos que se tornam prisões. À distância no horizonte era possível ver as pequenas luzes tilintantes dos faróis que indicam aos barcos o caminho de dragagem para o porto. Desci da moto lembrando que ali o mar sempre insistia em comer a calçada e até parte da rodovia; agora há uma pequena ponte de madeira bem pintada, que certamente não vai durar muito tempo nessas condições.

Naquele trecho que margeia a ilha, ainda não existem fachadas de hotéis. A ponte, que é como uma passarela suspensa sobre a baía plana, cobre uma curva discreta contígua à avenida circunvalar, desde uma casa tradicional, feita de madeira e telhado triangular, até uma biblioteca fechada, elevada com pilares acima do mar, que também parece vacilante, esperando sua hora derradeira. De dia esse pedacinho é perfeito para ver Rocky Cay, que agora tem palmeiras, não como antes que era um pedaço de rocha nua, ao lado dela se pode ver o naufrágio do Nabucodonosor em direção a Cayo Bolívar, South Southwest e South Southeast Cays, o nome dos nativos dos arrecifes do sul. É naquela direção que fica o continente, aquele lugar enorme e incerto onde estão as cidades e as pessoas frias, um imaginário em direção ao horizonte do *East* de San Andrés. Embora em direção ao *West* seja possível imaginar outro pedaço de continente, a América Central. Não é assim que a vemos, agora que penso nisso. A Nicarágua não é "o continente", não vamos para lá de avião.

A lua havia agitado a maré, carregando as ondas para o topo da balaustrada da passarela, a rua estava forrada daquelas algas amarelas de bolinhas, com as quais eu brincava quando era pequena. Queria saber o nome delas, mas Juleen também não sabia.

— E eu que pensei que todos os meus conterrâneos eram marinheiros — eu disse para provocá-la.

— *Na-ah!* Eu sou do *bush*! Eles me deixam no morro porque tenho medo do mar, não me joguem no mar porque eu morro! — protestou, explicando-se enfaticamente.

Fiz mais algumas perguntas antes de chegar ao pátio do *rondón*: não se pode morrer em paz? E o que aconteceu com o forno crematório que eles trouxeram há muito tempo? "Contaminação, tudo é contaminação", ela disse cética e revirando os olhos.

— Seus sobrenomes são de Likl Gough, então? Ei, você se lembra quando essa ponte não existia e havia uma casinha aqui? — perguntou Juleen apontando para o quebra-mar.

Agora me lembro, uma casinha muito antiga, inclinada para a estrada como se fosse cair em cima de alguém, não havia calçada; em vez disso, a porta dava diretamente no asfalto. Caminhamos por uma estrada de terra coberta de seixos ao lado de um prédio branco com telhado triangular, fomos para os fundos do terreno.

— Quem faz isso, Juleen, essa coisa de *thinkin' rundown*? — perguntei, quando ouvi um *zouk*, um ritmo que me pareceu familiar. Algo derreteu dentro de mim, percebi que não ouvia essa música há muito tempo.

— São alguns amigos que se juntam para discutir com os jovens sobre os problemas da ilha, dos seus bairros — Juleen me diz, avançando para cumprimentar um gordinho que aperta sua mão e se desculpa pelo rosto e a camiseta banhados em suor. O homem a tratou com familiaridade, mas não sorriu. Ele olhou para mim de soslaio e eu me aproximei.

— Ah, você é daqui? Eu nunca tinha te visto — ele disse quando Juleen me apresentou, em seguida deu um grito e uma ordem em crioulo para dois caras que estavam jogando coisas numa panela colossal. Isso dá pra alimentar metade de Little Gough, pensei.

— Eu também nunca te vi — devolvi, rindo, e Kent, o cozinheiro, o eixo de toda a atividade, deu um sorriso, mas sem vontade.

— Bem, essa é a zona dos guerreiros e ali é que ficam os filósofos, *Miss* — segurou a concha como se fosse uma arma, apontando para um grupo de caras parados em volta de uma caixa de isopor branca. — Juleen, *a guain finish so mek unu eat!* — ele cantarolou a música que tocava e limpou a testa com um pedaço da camiseta branca, deixando sua barriga redonda exposta por um momento, *send down di money, daddy, send down di money, Hurricane Dean just hit! Di house dah blow off, electric cut off, send it down before di buai fil iks.*

— *Uokie! Dat ting betta be good!* Estou com uma fome! — ela disse revirando os olhos.

Juleen já estava indo em direção aos outros enquanto cantava também o refrão da música sobre o furacão Dean. Cumprimentou os outros apenas com um casual *hello, how things?* Ela me apresentou com uma voz que ia soando como um degradê do começo ao fim da frase, acho que não tinha pensado que encontraria tantos olhares desconfiados. Um homem de óculos embaçados e uma camisa amassada para fora das calças me mediu de cima a baixo, e no mesmo instante se virou para o resto do grupo para tentar retomar o fio de uma discussão aparentemente acalorada. Antes de continuar, um garoto deixando à vista um conjunto de muitos dentes me estendeu a mão. O nome dele era Franklin, e foi o único que me sorriu de verdade. O cara ao lado dele soltou uma risadinha aguda meio que zombando do seu amigo e também apertou minha mão, sério, um homem talvez da minha idade, de óculos de armação preta e camisa estampada com desenhos como os das vestes da igreja. Chama-se Maynard — repeti o nome várias vezes na minha cabeça para não esquecer —, de sobrenome Livingston como o emancipador. Outros dois começaram a conversar um com o outro e simplesmente não nos cumprimentamos. Finalmente, o cara de óculos embaçados me cumprimentou com um aperto de mão firme, seu espanhol não tinha sotaque, sua pele era muito mais clara que a dos demais e toda a sua figura emitia algo mais maduro, os sapatos de couro, as calças jeans. Apesar desse ar, e de dizer muita coisa ao longo da conversa, a atitude de Rudy, como ele se apresentou, foi bem distante. Agora não sei se foi timidez, ou cautela, que manteve sempre uma linha entre jovens como eles, ou seja, nativos, e jovens como eu, isto é, *pañas* de pais continentais, de bairros como Sarie Bay, Cabañas Altamar ou La Rocosa.

O garoto com muitos dentes e braços compridos me ofereceu uma cerveja. Da caixa de isopor que havia sido branca muitos anos atrás, ele tirou uma para Juleen e outra para mim. Por um momento fez-se um silêncio constrangedor, cortamos o fio de uma conversa animada e agora ninguém falava, todos olhavam para um lado e para o outro, davam golinhos na lata, amassavam-na e jogavam num monte que crescia pouco a pouco. Fiz o mesmo, olhar para cima, para baixo, tomar cerveja, mas minha cabeça não parava de dar voltas, os rostos de todos eram tão familiares para mim embora eu nunca os tivesse visto antes, e por que não os tinha visto antes? Vivíamos na mesma ilha há quinze anos, impossível não nos esbarrarmos por aí, no centro ou na praia. Estava para retomar a conversa com Juleen, quando pelo rabo do olho vi outra figura que vinha do prédio da universidade. Era claramente um *cachaco* usando óculos redondos, cabeça quase inteiramente raspada e shorts jeans escuros com camiseta clara. Tinha uma grande tatuagem no braço esquerdo. Dirigiu-se a Juleen e imediatamente olhou para mim com curiosidade mal disfarçada.

— Já resolveram o assunto então? — O sujeito esfregou a mãos, falava com um forte sotaque de Bogotá. Deve estar faz pouco tempo aqui, pensei, isso sim é ser *cachaco*, não, eu não, eu sou...

Seu nome é Jaime, ele é professor da Universidade Nacional e ao mesmo tempo estudante de mestrado. Ele cumprimentou Juleen e depois me cumprimentou, apresentando-se sozinho, porque depois do silêncio dos outros, Juleen já não parecia muito segura de me apresentar a mais ninguém. Eu ri comigo mesma por um momento, pensei que os olhares pesavam bastante em Juleen, trazer uma *paña* mas tão *fuckin' paña*? O professor, que parece bastante jovem, combina mais com a atmosfera de uma colônia hipster do México do que com a única universidade do arquipélago, plantada em Likl Gough. Ele tinha os braços e o peito malhados e pediu desculpas por estar tão suado; tinha subido e descido Harmony Hall Hill de bicicleta para buscar dinheiro e fazer uma vaquinha para comprar mais cerveja. Ele passou algumas notas para dois dos meninos mais quietos, que atravessaram a rua para trazer um novo fardo de cerveja de um dos mercados grandes do bairro.

O que se seguiu foi uma discussão que me inscreveu num *tour* bem distinto pela minha ilha.

— Não sei, irmão, o negócio da Intendência em 1912 foi o pior erro que já cometemos — disse Livingston em crioulo, dando um gole na cerveja —, ou um dos piores — deixou em aberto. Entendi de que se tratava o ingrediente *thinkin' do rondón*.

Nunca tinha escutado tantos argumentos sobre a história do arquipélago, nunca havia aprendido a traçar uma linha do tempo como aquela, desde o ano no qual a visão progressista dos homens ricos da ilha conseguiu se divorciar da Intendência de Bolívar. Pensei em Lynton.

Não consigo me lembrar agora de todos os detalhes. Nard, como o chamam, tem uma pronúncia semelhante à da velha Josephine, falando palavras que de sua voz soam estranhas: "*Parce*, ficarmos com a Colômbia nessas condições, quando até os Estados Unidos nos chamavam", disse em algum momento. Fiquei fascinada com o "*parce*" daqueles lábios muito grossos, por onde saíam também os S enfáticos e os T marcados como os de *Maa*. Nard com certeza tinha passado anos no interior, em Medellín, ou na capital. Ele mesmo respondeu à sua observação: aos Estados Unidos convinha a posição geográfica, mas era preciso olhar para o arquipélago do Estado de Porto Rico, um furacão arrasa a ilha e depois de meses sem eletricidade e de tratamento displicente, a "relação neocolonial" com Washington não é invejável. Ficamos como estávamos, pois tampouco suspeitávamos que isso era o que viria, disse Livingston.

Terminei a primeira cerveja sem dizer nada, perguntando umas bobagenzinhas a Juleen. Depois comecei a falar mais, porém tenho mais dúvidas do que tive depois do *sugar cake* da saia de *Maa*. Cada vez que eu esvaziava uma lata, Franklin levantava e me trazia outra sem perguntar nada.

— Suponho que a Intendência não foi a melhor coisa, sei que teve o apoio dos poucos comerciantes que havia aqui, dos que tinham grandes plantações, mas não foi simplesmente parte de um processo de aprendizagem? — disse o *cachaco*.

Com as cervejas e a zonzeira que desenhava cores entre meus olhos e o mundo, como se eu pudesse ver através de um véu com que dançava *soca*, notei os olhos de águia do braço do sujeito, uma tatuagem dessas que saem caras.

— É melhor que Rudy responda a isso — disse Nard.

Todos olhamos para o homem de óculos embaçados, que ficou em silêncio por um momento antes de falar, como quem vai dizer algo conclusivo. Rudy deve ter uns trinta e poucos. No caminho de volta para casa, obriguei Juleen a me fazer um resumo rápido sobre o grupo do qual tínhamos acabado de nos despedir. Eles se juntaram como reação à decisão de Haya, o lance dos *rondones* no início foi circunstancial, mas terminaram se convertendo num grupo de formação política para jovens. Maynard é formado em filosofia, e Rudy é advogado constitucionalista. Havia também dois engenheiros, um técnico eletricista, um designer gráfico, um cantor profissional, dois mototaxistas e vários garotos de colégio. Muitos deles dedicaram sua carreira acadêmica e seu trabalho à causa pela autonomia de San Andrés e Providencia, me disse Juleen, que estudou finanças em Barranquilla. Rudy falava pausado, muito mais do que os outros. Entre meus devaneios eu prestava atenção, embora ficasse nervosa ao pensar que, por falar tão devagar, outra pessoa podia lhe tomar a palavra e desviar a atenção para outro assunto, deixando-me com a história incompleta.

— O problema é que em vez da Intendência, em vez de administrar o dinheiro dos impostos que eram roubados em Cartagena, Bogotá começou com sua estratégia de enviar continentais à ilha — fez uma pausa e molhou os lábios. — Com a mesma lei que se criou a Intendência, presenteou-se com uma viagem de navio as famílias que tivessem pelo menos cinco filhos. — Alguns puseram a cabeça entre as mãos, eu ri incrédula e pensando no mototaxista de Soledad, nos bairros de Natania e Back Road. — Que tipo de pessoas no Bolívar tinham famílias de cinco filhos em 1912? — Rudy abriu mais uma Miller Light, deixando cair um pouquinho no chão.

E cem anos depois, todo mundo arruinado. Alguém disse "etnocídio".

Fiquei absorta recriando mentalmente famílias cheias de crianças, falando todos um espanhol bem castigado, olhando para os quintais vizinhos, para as hortas dos nativos, nutrindo pouco a pouco o púlpito das suas igrejas de bairro, não entendendo nada; tomam banho no mar porque não há água doce, são pobres, alguns vêm da miséria, sua vida é mais digna neste Caribe do que em sua margem distante. Jaime interveio e sua voz tomou conta de toda a cena. É politólogo e dá aula de sistemas políticos nos primeiros semestres de pré-graduação, segundo a informação da minha amiga. "Pensemos no que a Colômbia era naquela época..."; não é possível pedir que o olmo dê peras, aqui do futuro não podemos exigir mais nada de tal experiência republicana, o Estado era fraco não só aqui, mas fora do espectro andino e, para completar, aqui se falava inglês e crioulo, confundido sempre com o *patois* das ex-colônias francesas. A Colômbia entrou no século XX num horrendo matrimônio com a Igreja católica desde a Constituição de 1886, e aqui chega um gringo num barco perguntando claramente se querem ser anexados, depois da venda do Panamá! É óbvio que o Estado ia reagir, disse Jaime, num tom melodioso um tanto elegante.

Aos poucos, pintei várias cenas que não conhecia. A chegada do *USS Nashville* à enseada do Cove no quilômetro 9 da avenida Circunvalar me parece um episódio apaixonante. Prestei atenção na próxima história que Nard contou, de quando em quando ficava com o olhar perdido num ponto incerto da terra, *Lord, have mercy!*, exclamava e segurava a cabeça rindo de repente como surpreso, eu ria atrás dele, como uma tonta.

Em algum momento, Washington defendeu sua soberania sobre as ilhotas do norte, Roncador, Quitasueño e Serrana, que hoje fazem fronteira com a Jamaica. Desde a emissão da Lei do Guano até o Tratado de Esguerra-Bárcenas, ou algo assim, os Estados Unidos reclamaram a área dizendo que seu interesse nacional estava ali onde quer que houvesse qualquer migalha. "O cúmulo, *parce*", diz Nard com sua voz profunda e suas consoantes golpeadas. Tudo era o cúmulo. Sim. E Nard disse que seu tataravô foi o mensageiro que saiu a cavalo por todo o Free Town, pelo Gough e por outras zonas da ilha que ele nomeou uma atrás da outra, mas que não me lembro, anunciando que eles queriam desembarcar dois gringos de um navio militar enviado por Roosevelt. Imagino um cavalo andando pelo morro que eu tinha acabado de descer numa moto, talvez eu o imagine parecido com ele, Nard, com seus óculos, cavalgando a pelo, com sua camisa de estampa quase psicodélica, gritando coisas em crioulo. As pessoas, muitas mulheres, teriam saído às suas varandas para ouvir a mensagem dos forasteiros. Os homens foram trabalhar na construção do Canal e traziam histórias do caráter dos gringos, relatos de abusos pelos quais os afros passaram, superlotação em barracos, maus-tratos, "algumas bandeiras, mas nenhuma era da nação crioula!", Rudy disse em algum momento, e então o Nard ancestral a cavalo também carregava um estandarte... Nard lançou com força uma lata no monte que já havia crescido consideravelmente e a magia foi quebrada, minha mente já estava completamente tomada por conceitos e símbolos que eu havia parado de questionar há muito tempo; idioma, fronteira, origem, destino. "Em nenhuma parte da nação crioula teríamos passado por tanta confusão, a capital isso, a autonomia aquilo..."

Nunca tinha ouvido essas palavras juntas antes, ainda as repito mentalmente, consumindo-as e digerindo-as: nação, crioula. Juntas: nação crioula, nação crioula.

O problema da Intendência Nacional é que seus promotores, liderados por Francis Newball, não imaginaram o efeito, a longo prazo, do conservadorismo de Bogotá. Newball era o representante das ilhas no capítulo de Cartagena, um advogado trilíngue e aparentemente encantador que fundou o primeiro jornal das ilhas, *The Searchlight*, para difundir a mensagem da autonomia administrativa. Eles nunca consideraram, ele e seus seguidores de elite, uma medida mais agressiva, como a independência.

Tenho vários brancos na memória, nos espalhamos e nos reunimos novamente, dançamos, rimos juntos, mas acho que cada um por razões diferentes. Será que o *cachaco* estava aqui estudando as teorias do Estado ao vivo, vendo como se desenvolve o conteúdo dos seus livros? Olhei para ele com desconfiança, como os outros olhavam para mim. Eu estaria aqui se San Andrés tivesse se separado do continente, de tudo? Cheia de perguntas que minha agitação não me deixaria resolver imediatamente, pensei que nunca tinha estado numa universidade em San Andrés. De fato, até ontem à noite eu não conhecia universidades tão pequenas, com pátios cheios de cocos, cajás e goiabas, onde ouvia de tempos em tempos, além do *dancehall*, cavalos relinchando e galos cantando. Também nunca havia estado num *rondón*. É uma confissão horrenda, eu nunca tinha estado num *rondón*.

— Ninguém se lembra disso: Bogotá — Livingston gritou seu sermão contra a capital —, Bogotá entregou a Costa dos Mosquitos à Nicarágua em 1928, com o tratado de Esguerra-Bárcenas — ele disse todas as datas com precisão —, quando aqui havia capitães que se sacrificaram para não perder a ligação entre as famílias! Na costa de Bluefields, em Corn Islands, cruzávamos e retornávamos da Nicarágua, era nosso território, e então as pessoas começaram a precisar de passaportes e autorizações... — sua boca grossa revelava todos os dentes e deixava escapar de vez em quando uma risada aguda junto com o I.

E eu:

— Esse *feelin'* é sério — eu disse a Juleen.

Começou a tocar um *zouk* franco-caribenho e outra Miller chegou às minhas mãos, já aberta. Depois veio a questão do Porto Livre, do ditador Gustavo Rojas Pinilla, a quem devemos o aeroporto e a Circunvalar, construídos sobre manguezais aterrados. Assim começou o massacre dos caranguejos negros, fêmeas carregadas de ovos que são esmagadas na estrada numa determinada estação quando tentam atravessar a rua para pôr seus ovos na praia.

Quase todo mundo tem uma pousada aqui, descobri ontem à noite. Eles me disseram, ou melhor, insistiram que eu posso ter uma na minha casa.

— Ah, eles querem me colocar para receber os redutos do Porto Livre, *dat dah no fi mi, no, no, no* — provoquei. Juleen riu alto, mas me olhou atravessado e me deu um pequeno empurrão.

Juleen agora tem uma pousada na sua casa em La Loma. Ela mesma já pegou dezenas de turistas no aeroporto e lhes explica as coisas da ilha, escutando em primeira mão a quantidade de baboseiras que eles vêm pensando quando aterrissam. Mas é impossível lhes dar todas as informações ou pedir que prestem atenção, pois veem esperando apenas se divertir aqui. Ela os repreende quando chegam à pousada com sacos de caracóis e corais que pegaram na praia, quando vê as fotos tiradas com as estrelas-do-mar em Haines Cay, quando eles se jogam bêbados do seu terraço para o jardim vizinho. Pelo menos agora os nativos podem participar mais do turismo.

Mas o turismo nunca foi o eixo da economia, não foi isso que Rojas Pinilla pensou com o Porto Livre. Então, em 1953, tínhamos dois hotéis, e dois anos mais tarde já eram cinquenta. As pessoas vinham como loucas, não para se embebedar e se jogar no mar; isso veio depois.

Do continente vinham em busca de importações baratas, a ilha se tornou um centro comercial, primeiro de contrabando, depois de lavagem de dinheiro. As pessoas nem sequer vinham pela paisagem, em toda a América Latina era a época da política de substituição de importações e, com a isenção tributária, San Andrés se tornou atraente para muitos árabes que vieram do Panamá, de Barranquilla, e para os *paisas*,[10] que vieram tirar proveito do comércio. Enquanto o continente todo apostava no consumo de produtos da indústria local, San Andrés se tornou dependente de importações até mesmo de itens básicos e, de fato, chegou à economia baseada no consumo.

— Paisas, paisas — Juleen começou a dizer, revirando os olhos para cima e cruzando os braços.

— E o que é que os *paisas* têm de errado? — imitei seu sotaque sarcasticamente.

— Eca! — exclamou Jaime —, eu sou de família *paisa*, mas eca! — ele riu olhando para mim.

Nard havia se afastado em direção à panela de *rondón* dizendo algo em crioulo que eu não entendi. O cheiro de peixe no leite de coco fervendo era intenso. Este era o cheiro que eu sentia quando subíamos por La Loma, do centro para o Barrack nos passeios de domingo. Aqueles olhares que eu procurava voltaram à minha mente, os olhos obstinados e altivos, as senhoras saindo da igreja ao meio-dia, vestidas com saia longa de sarja e chapéu com véu, os olhos rajados dos moleques que não faziam nada, sem camiseta e de chinelos, sentado sob as pequenas árvores. Evoquei minha urgência em ver algo, algo sem nome. Às tantas, tocou outra música,

---

10 Um *paisa* é alguém de uma região no noroeste da Colômbia, incluindo a parte dos Andes. A região *paisa* é formada pelos departamentos de Antioquia, Caldas, Risaralda e Quindío. (N. T.)

um reggae que me levou de volta à minha adolescência, uma voz feminina cantava o refrão: *and man never really give nothing to the woman, that she didn't, didn't already have.* Eu sorri, quantas lembranças do passado, quantas coisas guardo na memória. A música tem a mesma melodia de um rock clássico da banda America, eu cantarolei o que lembrava e, sem pensar, dancei um pouco. Lento.

*So please, believe in me, when I seem to be down, down, down, please be there for me,* um coro suave, *seem to be down, down, down. I'll be there, you see if you want a lova', if you want a lova'...*

— ... nem os ministérios, nem o do Interior, nem a Chancelaria, nem o do Meio Ambiente, nem o presidente — estava dizendo Jaime. O *cachaco* me olhava de soslaio, a conversa havia avançado, mas eu não me importava mais, acho que ninguém se importava mais, Franklin checava o celular havia algum tempo —, é por questão de cidadania que esses abusos cometidos por empresários devem ser denunciados... — ele continuou num monólogo, até que estalou os dentes com impaciência e imediatamente ouvimos Kent gritar.

— *Heey! Da who guain come help serve di pliets?* — ouviu-se da área dos guerreiros, onde os dois assistentes já estavam claudicando, sentados no chão com as pernas abraçadas enquanto bebiam em silêncio. Deviam ter cerca de dezoito ou dezenove anos, no máximo.

Entre aquele cheiro extravagante, coco, menta e caracol, e entre a cadência desse *cheerful reggae*, o *thinkin'* definitivamente acabou. Depois da conclusão derradeira, algo como a verdadeira autonomia não se conquista, mas é representada, houve um silêncio transcendental que se desfez com o chamado para se servir do *rondón*. Eu assisti a todo o processo, o comandante tirou com sua enorme concha primeiro os pedaços brancos de peixe, de carne macia de caracol e os *pig tiels*, o rabo de porco, um ossinho cilíndrico e carnudo que sempre me impressionou e que nunca experimentei. Na hora de comer, chegou mais gente. Kent ia distribuindo cada pedaço prato por prato, para que todos estivessem cheios ao mesmo tempo, com os *dumplings* de farinha, a batata e o *breadfruit* cozido. Cerca de quinze ou mais pratos e copos plásticos que estavam no chão foram se levantando com a ajuda de três meninas com tranças e shorts, que eu nem percebi quando haviam aparecido.

Não aprendi a história local na escola; para mim a política era algo que acontecia na "Colômbia". Agora tenho tantas perguntas que não consigo organizá-las bem, e ontem à noite menos ainda. Tudo isso me parece um episódio incrível, o *cachaco* que tem duas argolas numa das orelhas se aproximou de mim enquanto os outros comiam e eu olhava distraidamente para o céu cheio de estrelas. Antes de experimentar o *rondón* das ideias, calculei aproximadamente três unidades de insulina.

— E você é daqui ou nasceu em Providencia?

Muitas pessoas pensam que eu sou providenciana, mas não, minha mãe era *cachaca* e meu pai era metade árabe. Contudo, minha avó era de San Andrés, filha de um *cachaco* e uma islenha, neta de um jamaicano de sobrenome irlandês, que se casou com uma islenha. Eu comi pouco, e dava agora umas colheradas nos últimos restos grossos e escuros da sopa. Tentei explicar apontando para um lado e para o outro, olhei para ele e ri. Ele me perguntou se eu havia sido criada na ilha. "Ah, as islenhas são as mulheres, se eu entendi direito", ele soltou depois de rir. Eu não tinha pensado nisso, tecer minhas avós desse jeito, mas parece que é assim mesmo, eu disse, "os homens se apaixonaram pelo Caribe, tão aventureiros...". A música estava um pouco mais alta agora, ouvia-se uma melodia de algum filho de Bob Marley. Juleen estava totalmente entretida com seu prato de *rondón*, olhando com vontade para o *pig tail* do meu; sorri para o *cachaco* e pedi licença, as cervejas estavam me apertando há tempos.

Atravessei o pátio até onde me disseram que ficava o banheiro. Olhei-me no espelho enquanto lavava as mãos e percebi que estava muito pálida. Passei o monitor pelo sensor, tudo em ordem. Não era o açúcar, meu rosto sem cor pareceu me mostrar naquele espelho cerca de dois séculos de homens brancos, sua pele, e a presença daquelas mulheres no meu maxilar grande e no nariz largo. Mas sou tão clara. O banheiro comum e a luz artificial me forneceram, ao contrário, uma sensação de realidade; apressei-me, queria voltar para Sarie Bay, para pensar, vi minha cara de inútil reprovação: será que minha avó cozinhava *rondón*? Meu pai dizia que sim. Meus pais gostavam do *rondón*, lembrei-me, mas seu prato favorito era sopa de peixe. Não, vovó não falava crioulo, claro, só o "inglês britânico". Seu pai era católico, seu avô jamaicano, será que falava crioulo jamaicano? E o que significavam para eles as três cores na bandeira e o hino que eu decorei no colégio? O que achavam disso tudo? Perguntas? Respostas? Nada? E eu, vejo o quê?

Ajeitei os cabelos despenteados, outra vez medi a glicose. 110. Saí para o corredor de novo, pensando na história de Juleen sobre sua avó exumada.

Rajadas de ar úmidas e cheias de sal circulavam pelo longo corredor do único edifício da universidade, rodeado de palmeiras, de jardinzinhos com seixos. A escuridão do resto do prédio e do pátio me trouxeram de volta à noite real maravilhosa que eu estava vivendo, e o vento, o que será que essa brisa tocou antes de me tocar? Que importa para essa brisa, que é eterna, uma pele a menos ou uma a mais que ela abrace? E para mim fez toda a diferença, caminhei divertida, como empurrada pelo vento.

Diante de mim, ao lado de algumas motos estacionadas, como se houvesse se materializado do nada, vi uma lápide. Essa sim era a forma tradicional de enterrar os mortos, no pátio, tudo para que anos depois os restos sejam aplastados por motos passando em cima deles, pensei. Ouvia-se um *reggae roots* suave, longo e preguiçoso, *legalize it, yeah, yeah, and don't criticize it, yeah, yeah*, maconha por todos os lados. Fui envolvida pela sobriedade da inscrição de letras pretas, que pareciam ter sido entalhadas no dia anterior. Parei para ver como aqueles ossos tinham se chamado um dia, para ver há quanto tempo estariam enterrados em Likl Gough, no meio do pátio da universidade *paña*. Li. Franzi o cenho. Li de novo, e mais uma vez. Era um estrangeiro. Senti uma onda quente do peito à garganta, eletricidade por todo o corpo. O nome que repeti todos esses dias estava ali, gravado na pedra.

> J. H. Lynton
> Born in Blackwater River, Jamaica,
> The day of our lord Jan. 13th., 1870,
> Died in the year of 1949,
> In San Andres Island,
> Rep. Of Colombia

Ali jazia a mão que vi sobre o ombro de Rebecca, com certeza agora com unhas longas e enegrecidas, a cabeça loira convertida num pequeno crânio, com uma mecha encanecida. Meu sufoco empalideceu, por um instante, tudo à minha volta. Ficamos, a tumba e eu, olhando para Jerry ali embaixo. Meus olhos perderam o foco e talvez eu tenha soltado um pequeno "ahh!" pela boca entreaberta. Depois ri, ri muito, *but what di hell is dis...?*, olhei à minha volta, despertando, sorrindo como quem pensa que lhe pregaram uma peça, esperando para ver se Juleen aparecia morrendo de rir, ou a ponte nos dentes da guru cozinheira ou o próprio espectro de Lynton. Nada. "Isso é obra de um *duppy* que escapou do pântano", ri de mim mesma, cerrei os olhos. É que é absurdo. Fiquei imóvel por uns segundos observando a lápide, o montículo em forma de féretro alongado e a flor entalhada que encabeçava a inscrição no túmulo. J. H. Lynton. Não sabia nem sequer qual era esse segundo nome, do homem alto e simpático, olhos irlandeses, mas escuto seu sotaque, um sotaque de umidade e de gaitas, de portos e de velas, vejo os católicos, esses mesmos que usaram os contratos de trabalho vitalício na América para fugir do anglicismo. Assim chegariam seus pais, ou seus avós, ou seus bisavós, a algum porto concorrido, talvez na Dominica, ou não? Assim devem ter chegado à Jamaica, para que Jerry fosse um homem de Kingston, de Black Water River, para que saísse dali, para que chegasse a uma ilha e deixasse seu nome perpetuado num pátio e num tanto de pessoas.

Envolvida nesse filme, ouvi que alguma coisa bateu na terra, pop! Depois dei uma olhadinha para trás e virei a cabeça para a direita, um *bread fruit* cai do céu! Soltei uma risadinha. Olhei para cima e a árvore gigante estava cheia de frutos pesados que dobravam os galhos, frutos parecidos com graviolas, enormes e redondos. Teria sido muito engraçado se tivesse caído na minha cabeça, por exemplo. Olhei para o fruto e observei à minha volta outra vez. Não me lembro da música que tocava, da panela de *rondón* se espalhavam risos e gritos. Eu teria ficado mais um pouco contemplando o *bread fruit*, verde, rugoso, mas Juleen já se aproximava para dizer que estávamos indo embora.

— Caiu um *bread fruit* — respondi e o mostrei, como uma criancinha.

— Ok, *yo guain tiek it*? — peguei-o antes que ela terminasse a pergunta. — Mas esse *bread fruit* é de morto, minha avó não me deixava comer as frutas dos cemitérios — disse Juleen quando me viu olhando para a lápide.

— Ah? Não, mas não é um cemitério, é um único morto, além disso meu tataravô está morto há muito tempo...

— Seu *what*? Você enlouqueceu — retrucou Juleen, balançando o pescoço e levantando as mãos para o céu, comecei a rir incontrolavelmente, pressionando o *bread fruit* contra o estômago.

— Ele é meu tataravô, Juleen, lembra-se de que eu lhe disse que meus sobrenomes são de Little Gough? J. H. Lynton, Jeremiah Lynton, olhe, é ele! Quem mais se chama assim? — coloquei a mão na boca, Juleen fez uma careta e jogou a cabeça para trás:

— Sério? *Mad me!* E você sabia? Como você viu isso? *Wat di hell!*

— Bem, é um túmulo que dá de frente para o corredor que sai do banheiro, né? Não poderia ser mais visível a menos que houvesse luzes néon, ou fogos de artifício, ou algo assim...

— Tonta! — Juleen gritou. — Como você estava falando sobre isso, é muito estranho. — Ela ficou séria, como se procurasse mais palavras na sua cabeça. — Você é muito estranha, meu bem.

— Eu sei!

— Você vai levar isso, então? — apontou para a fruta, madura, pronta para cozinhar.

— Mas é claaaro, *mama*! — disse, levantando-o por cima do ombro. — Olhe para ele, está divino!

— *Uokie*, vamos só ver — ela olhou com desconfiança, como se temesse que a fruta fosse falar com ela —, é legal, mas isso é muito esquisito, não sei, bom — estalou os dentes —, vamos embora, come...

Voltamos para perto da panela para nos despedir de Maynard, de Rudy, de Franklin e do *cachaco* que estava conversando com um Kent que não parecia prestar muita atenção nele. Anotei os telefones de vários, de Nard, de Rudy. O *cachaco* pediu o meu.

Subimos na moto e Juleen saiu voando, ficamos caladas até passarmos a lombada depois do Gully. Juleen interrompeu meus pensamentos sobre Jeremiah. Estava imaginando-o andar por aí e, olhando para as casas, pensei que os avós dos atuais proprietários certamente eram seus clientes, na loja da qual *Maa* me falou. De repente, eu me vi em todos os lugares, colada na paisagem como um adesivo transparente. Juleen começou a me falar sobre o *cachaco*, disse que ele morava na zona dos Dicksy, uma das gangues envolvidas nos crimes dos últimos dias em Barker's Hill, o Barrack e o Barrio Obrero. Eu não estava muito interessada nos problemas mundanos dos outros, perguntei-lhe algumas coisas sobre o garoto com cara de coruja e Juleen me contou o que sabia. Ele é cinco anos mais novo, professor, mora na zona *heavy*, sem namorada conhecida, "e olha que ele tem umas pernas incríveis, porque sobe La Loma de bicicleta... Ele gostou de você, uh-hu, e então?, o cara é gente boa".

— Mas os *duppies*, esse é o assunto mais importante, Juleen, agora que sei como os mortos vivem entre nós — disse eu, embora tentasse esconder a excitação que sentia, que sinto —, por que não conheço essa história que todo mundo parece conhecer? O que nos ensinaram na escola, Juleen? — reclamei com a língua já emaranhada e com um hálito picante de caracol, enquanto passávamos de novo pela *Tamarind Tree*.

— Amiga, não me assuste, por favor, ai, *mi laard*! — gritou um pouco brincando, um pouco séria. — Tudo isso eu sei de ouvir os velhos e ultimamente apareceram muitas outras histórias, mas vamos com calma, calma — advertiu.

— Não se preocupe, querida, estamos bem, meu *bread fruit* de morto e eu — puxei uma das suas trancinhas.

— Você me assusta, me assusta, amiga, *yo deh crazy!* — Ela acelerou, uma garoa estava começando a ficar mais forte e para evitar o aguaceiro não dissemos mais nada até nos despedirmos a porta da minha casa.

Meu *bread fruit* parece que se multiplicou. Depois de lavar os pratos, comecei a cortar rodelas para fritar, cozinhei o suficiente para duas batidas grandes e ainda tenho três quartos restantes. Afundei as rodelas em água com sal, como Juleen me ensinou, amanhã será meu almoço. Passei a tarde divagando, pensando em detalhes da época da colônia, procurando conexões e vendo um álbum mental das minhas mães islenhas, anexado às páginas da História de San Andrés. Pensei nas suas escolhas, nos seus desejos de mulheres insulares, nos seus estados de ânimo, nas suas vozes.

Rebecca é a última mulher de que tenho conhecimento, a mais velha, a partir dela tudo está em branco, ou melhor, confuso. Não sei quem a trouxe ao mundo, calada assim como é; eu a contemplei muito e é assim que a sinto, no limite, bem desse jeito, paralisada naquela cadeira de vime do estúdio em Kingston, com os pés cruzados sob a saia e o olhar atravessado. Gostaria de saber se algo a distraiu no estúdio ou se estaria cansada da sessão de penteado e vestuário, mesmo sabendo que a veríamos assim no futuro.

*Inspirar, prender, exalar.*
*Repetir.*

O cigarro malfeito está aceso no cinzeiro pesado de mármore rosa que minha mãe trouxe de Roma. Talvez Rebecca achasse que essa reserva era, precisamente, o melhor testemunho dela, um exemplo de temperamento frio, caso suas netas precisassem disso em algum momento. Talvez nessa viagem ela tenha decidido ir embora com os filhos e abandonar Jeremias, despojada do seu dote, mas tendo o orgulho como fortaleza. Com a tarde que morre, os mosquitos procuram minhas veias, significa que, de algum lugar, começarão a sair todos os seres da noite. Vejo a então jovem tataravó, deslumbrada com o flash, sua boca está tão cerrada, mais cerrada do que antes. Sinto que a qualquer momento virá a mim como uma onda brava e eu vou abrir meus braços para ela, como abro a todas as ondas que me arrastaram nas últimas semanas.

## V. BOWIE GULLY

Já passa das sete horas. Pairando acima das casas, começa-se a distinguir o humor deste dia, quente, sem nuvens e com pouca brisa. O céu está de um lilás claro que avançará pouco a pouco para o azul vivo do dia pleno. Não tenho planos para hoje. Olho da varanda em direção à fachada oposta, tão parecida e tão diferente, cheia de grades, como se fosse uma fachada de cidade.

Todos os cubinhos brancos do conjunto estão apenas começando a refletir os primeiros raios do céu, a cortar, como sempre, a brisa. Só fico imaginando levantar esse cubo que é minha casa e girá-lo cerca de quarenta e cinco graus para a esquerda, para que as portas e janelas da fachada deixem escapar os pesadelos, como dizem os nativos, com o vento e o sol de frente. Os eletrodomésticos que eu não tenho durariam ainda menos, os espelhos se maculariam mais rápido com essas manchas verdes e meus livros sofreriam mais com os fungos. O sal comeria mais rápido todos nós? Quem sabe. Enfim, sempre foi uma guerra perdida, acho. Sinto-me mais caribenha do que nunca, menos da cidade do que nunca, a cidade horrível, horrível.

Sem planos, aproveito o fato de a casa ser grande, irei para as minhas folhas soltas. Saio da varanda, acariciando as paredes brancas, manchadas. Pensei que teria todo o tempo do mundo para me enfiar numa reforma. E sim. Mas continuo com uma preguiça insuperável. Observo tudo. As lajotas, riscadas e algumas lascadas, tantos passos e batidas; os telhados, com ligeiros desníveis e imperfeições, com aplicações de massa corrida para as goteiras, mais manchas de tinta branca, azul, branca. Nas escadas, o longo corrimão de madeira está desgastado pela minha passagem para cima e para baixo afundando canetas durante toda a infância; nos banheiros, as louças estão perfuradas pelos consertos dos tubos; na parede há partes em cimento bruto e furinhos de broca. Tudo, na verdade, tudo teria que ser consertado. Ou tudo pode ficar assim. O gênio da lâmpada maravilhosa deveria aparecer para, com um desejo, limpar a casa inteira e reconhecer sua resistência comprando-lhe ainda mais tempo. Não vou ser esse gênio por enquanto, prefiro vê-la assim, conhecer seus truques, descobri-la outra vez.

Há uma semana, tive que mandar para o desmanche uma antena parabólica que me despertou por causa das batidas contra o telhado num par de noites de ventania. Pensei que durante a temporada de ventos do norte ela sairia voando e faria um buraco no telhado de algum vizinho se eu não me livrasse dela. Não consegui que a empresa coletora pegasse o enorme disco de metal e, apesar de terem me oferecido alternativas irregulares para que eu me livrasse do trambolho, eu odiaria encontrar minha antena jogada no mato da próxima vez que andasse por Duppy Gully, como dois dias atrás, ou pelos arredores de Big Pond, a laguna central. Assim, a antena ficou jogada por enquanto, mas indefinidamente, no quarto dos fundos, ao lado dos televisores velhos.

Rudy me ligou no sábado de manhã, achei interessante. Ele me convidava para uma excursão, uma caminhada de cerca de duas horas pelo jardim botânico, por Duppy Gully e a laguna. Eu disse que sim no mesmo instante. Não imaginava que me encontraria com outro banco de fantasmas.

Coloquei uma camiseta branca, um agasalho e um boné preto, passei uma boa camada de protetor solar e repelente e esperei dar a hora que Rudy disse que passaria para me buscar. Carreguei minha bolsa com as coisas de sempre, injeções, pílulas, sensor. Meia hora depois de termos nos falado, ouvi a buzina da motocicleta. Subi na scooter e passamos o aeroporto para pegar o mesmo caminho que me levara noites atrás até Lynton's Gough. Quando cruzamos o muro invisível que eu tinha notado naquela noite, pelos rostos e pelas casas, perguntei a Rudy qual era o nome do bairro. Slave Hill, disse, um dos bairros menos mesclados da ilha.

Vinte minutos depois, chegamos à universidade. Rudy estacionou ao lado do túmulo de Jerry, e novamente me vieram à mente seus olhos irlandeses e o bigode grosso.

— Esse é seu tataravô, então? — Rudy disse com uma risadinha intrigante. — A família que vendeu o terreno para a universidade impôs a condição de que a sepultura fosse preservada. Eles moram aqui ao lado, vamos ver se está aberto hoje... — ele começou a caminhar em direção ao mar novamente.

Ele ia me apresentar a algum Lynton? Eu me senti como uma intrusa de pensar que Rudy me apresentaria a alguém como "da família". Andamos na estrada alguns passos ao sul e entramos num terraço laranja-claro, com piso branco e grades pretas. Uma janela de metal se abria para a despensa da casa, de onde as coisas são vendidas principalmente para pessoas da universidade. Sentado numa das cadeiras de plástico branco no amplo terraço estava o *cachaco*, que deu um salto quando nos viu. Eu estava dando um tempo do trabalho, mas não vou fazer esse passeio até Duppy Gully, disse ele.

Rudy chamou em crioulo, *good marnin'! Good marnin'!* e depois de um momento apareceu a figura de *Maa Josephine*. Sacudi a cabeça, incrédula. Sim. Lá estava ela e a ponte entre os dentes.

— *Weeeell! Good marnin'!* — disse como se estivesse cantando, Rudy sorriu surpreso e a cumprimentou de novo num tom semelhante.

— *Well, well, Josephine!* — disse eu ainda espantada e com um salto me aproximei dela, em direção à porta aberta da casa.

— Vocês se conhecem? — Rudy olhou para mim, olhou para ela, olhou para mim.

Josephine também andou pelo corredor, e finalmente eu a abracei! Eu a senti fofa e quente e me deu vontade de chorar. Josephine me enlaçou com seus braços macios e eu respirei seu perfume de pó de lavanda e hortelã fresca.

— *Josephine Lynton?* — disse olhando para ela desconfiada, a ponte se sacudiu com uma risada que flutuou no terraço, aguda, contagiosa, até o *cachaco* ria sem entender, da mesa em que estava.

— Não, *mama*, eu não sou Lynton, mas sou veeeelha e faz quase... uhm, *centuries!* que estou por aqui — disse agitada, ainda segurando uma das minhas mãos. Eu ri, então entendi que Josephine é imortal.

— E você não me disse que Jeremiah foi enterrado ao lado da sua casa — reclamei atrevidamente, sentindo sua mão acolchoada de unhas peroladas.

— Ah, olhe, você já sabe disso, não precisa de ninguém para lhe contar nada, eu não achava que ia vê-la tão rápido de novo! — E pôs as mãos no quadril, como se fosse dançar um *jumpin' polka* com sua saia lilás. Pensava em me ver, mas não tão rápido, disse, eu não parava de balançar a cabeça e sorrir para ela.

— Então, o que acontece agora, *Maa*? — eu disse. — Agora você é minha *Maa Josephine*.

— Ah — ela sorriu —, aqui há outros para quem também sou *Maa Josephine, Maa Josephine...*

— *Maa!* — ouviu-se um grito vindo do pátio e Josephine se virou para lá, de onde saiu um pequeno com um penteado afro perfeito, trôpego, perseguido por outro exatamente igual.

— São meus bisnetos, são gêmeos, veja você, *ay mi lard, what, pappa!? Bijiev, buais, a guain!* — que os dois garotos se comportem, ela ordenou, ouvimos os gritos de uma perseguição animada.

— *And we yo guain now?* — perguntou.

— Uau! Bisnetos gêmeos de *Maa Josephine, dem lucky buais!* Com sua voz e um *sugar cake* dos seus bolsos, deve ser uma aventura crescer nesse pátio — falei extasiada, Josephine apenas ria. — Não sei, para onde vou agora? — virei-me para Rudy.

— Vamos até o jardim botânico primeiro e depois a Big Pound.

— A-há! — Josephine aplaudiu. — Bem, continue, continue por aí, vá, veja — gesticulava para mim com a mão direita no ar, assentindo com a cabeça —, todo aquele terreno era de Lynton também — seus Ts e seus Ds sonoros, seus Rs ingleses, seu tom parecendo seda grossa —, tudo da universidade *paña* — ela riu, olhando para Rudy. Jaime continuava prestando atenção, logo atrás de mim.

— Pega leve, pega leve com o *paña* — o *cachaco* reagiu, rindo —, *take it easy* — disse em inglês.

— *Yeeessa, tieking it easy!* — Maa reprovou, revirando a cabeça e com a ponte e os olhos esbugalhados. De dia, seus olhos parecem âmbar escuro, de tão cintilantes —, *no problem with young teacha', young man!* — ela disse e Jaime corou um pouco —, *no problem with Nairo, Nairoo!* — gritou e virou a cabeça como se o visse passar de longe, soltou uma gargalhada seguida de palmas, agora Jaime estava vermelho como um tomate.

— Nairo? — perguntei, olhando para ele, que estava com os ombros encolhidos.

— Nairo, *like* Nairo Quintana, ele sobe o morro voando nessa bicicleta, *no true!?* — Maa exclamou e agitou o braço antes de voltar a colocá-lo no quadril. Conversa e dança, dança, canta.

— É porque ando de bicicleta — diz Jaime, olhando para mim.

— Não sei se é tão estranho que alguém viva no morro e sempre ande de bicicleta? — ele disse, entre afirmando e perguntando.

— Não, Nairo, não é isso, Nairo — Josephine repetia. — É que você é o *cachaco* que trouxe sua bicicleta, e que sobe e desce, com essas bochechas *rosadas*. — Ela desenhou alguns casulos com os dedos de ambas as mãos levantadas e beliscou suas próprias bochechas. Ri alto vendo a cara do *cachaco*, talvez eu estivesse corada por ele também. Nesse momento, os dois pequenos vinham tropeçando pelo corredor em direção à entrada. *Maa, maa! Come see, maa!*

— Estávamos plantando algumas sementes, *uokie, pappa, uokie, pappa!* — Josephine levantou um deles. O outro olhava para mim com olhinhos brilhantes e a boquinha entreaberta. Olhou para *Maa* e me olhou novamente, apontando para mim.

— *Aaay, pappa, yo like Miss Lynton?*

— *May I carry him?* — perguntei, o menino abria os braços na minha direção. —Ai, Josephine, você é uma coisa séria, já vi, *you got us all dazzled!* — eu disse levantando o garoto, de uns três anos, pesado, com as bochechas gorduchas cor de caramelo e os cabelos cacheados longos e firmes.

— *Daaaazzzled! A like di word* — Josephine repetiu, movendo sua mão livre como uma feiticeira de filme, serpenteando a voz para distrair o bisneto nos seus braços — *come now, kids, mi jafi go backyard,* me digam o que querem, como você está, *mamita?* — disse enquanto nos deu as costas por um momento para ir em direção ao banquinho ao lado da geladeira de refrigerantes.

— *Good, Maa Josephine, alright and getting better.*

Fiquei emocionada que ela soubesse da minha doença e que se lembrava de quando a encontrei, tantos dias atrás. Rudy pediu alguma coisa para beber e eu um refrigerante, por via das dúvidas.

Os cristais do sal **89**

Enquanto pagávamos, eu continuava carregando o menino. *Tell her mi niem is Aital*, disse *Maa Josephine*. *And me deh Alwin, right so?*, disse a bisavó, sempre sorrindo. Não era um espectro, ali estava Josephine, girando seu tronco gordo de um lado para o outro, como uma grande árvore em movimento, com sua trança grossa e branca enrolada na testa.

— Ok, pequeno — eu disse, enquanto Aital tocava meu cabelo com um sorriso que já tinha quase todos os incisivos completos —, *nice to meet you, Aital!*

O *cachaco* estava ao meu lado olhando para o menino também, ambos se entreolharam. Peguei novamente com a outra mão debaixo do seu braço e o coloquei ao lado de seu irmão. Idêntico. Como Josephine sabia qual era qual? "Sempre acho que não vou saber, mas é que seus temperamentos são diferentes, *mama, everybody got dem kankara!*"

Rudy e eu nos despedimos dos três. Josephine me chamou por um momento e me disse: *enjoy your trip, mamma!*, e enquanto mandava os pequenos para o pátio, ela enfiou a mão no bolso da saia e me deu um pedaço do seu *special sugar cake. For lieta!* Para mais tarde, e me deu uma piscadela.

Rudy e eu seguimos para o Jardim Botânico por um caminho ao qual chegamos a partir do pátio da universidade. Começamos a subir a ladeira e em cerca de dez minutos, por uma estrada de terra, chegamos à recepção. Um grupo de cerca de dez estudantes nos esperava para sair. Passamos a primeira hora do passeio numa ligeira descida através da folhagem, muitas das placas de informação das árvores estavam ausentes, então infelizmente ainda não sei o nome de tantas espécies que vi a vida toda, mas que nunca fui capaz de nomear. Ah, havia uma orquídea, suspensa da terra com o caule enraizado no tronco de uma árvore. Os nativos a chamam *scared of the earth*, porque é o que parece, como se temesse a terra, elevada de todo o mato; uma orquídea endêmica, de acordo com Rudy, branca, bonita, com pétalas como franjas finas de cor um pouco mais escura. Andamos mais um trecho. Rudy ficou me perguntando sobre Josephine, sobre Lynton. Eu disse a ele o pouco que sabia, imigrante de origem irlandesa que chegou antes da assinatura da Intendência, casado com uma Rebecca Bowie.

— Ah! Esse é seu outro sobrenome, Bowie? Você é da família dos Bowie, os escravagistas! — Rudy disse em tom de brincadeira.

— Ah, os escravagistas então? — olhei para ele arqueando uma sobrancelha. — Bem, o que mais pode ser? Se é isso, é isso...

— Sim, sim, seus avós eram donos de quase toda a ilha — disse ele enquanto nos afastávamos do grupo de estudantes.

Depois Rudy parou ao lado da estrada de paralelepípedos, rachada e invadida pela grama. Ele apontou para uma árvore de folhas robustas, mas minúsculas, que quase não se distinguiam. Os galhos eram paus não muito grossos, cheio de espinhos afiados.

— Vê as formigas? — enormes e vermelhas, elas andavam entre pequenos caminhos se esquivando dos ferrões, às dezenas, às centenas. — Nesse tipo de árvore, eles amarravam os escravos como punição. E é irônico que fosse nessa árvore precisamente...

Imaginei a cena que Rudy estava tentando evocar. Essa parte do passado me deixa confusa. Talvez eu deva a ele uma ou outra atitude própria à normalização geracional da submissão dos escravizados, da superioridade do amo. Fiquei pensando: o que teriam sentido aqueles que podiam comprar uma pessoa e dispor dela? O que teriam dito aos seus filhos e netos? Parei diante dos galhos irregulares e retorcidos que Rudy me mostrava e disse a mim mesma que eu não tinha comprado ninguém, que não enviara ninguém para passar a noite amarrado a um pedaço de pau porque levantou a voz para mim, que não...

— Por que irônico? Que cruel que essa árvore exista aqui e que foi usada para isso — eu disse, enquanto olhava gotas de sangue escorrendo do galho e ouvia gemidos.

— Bem, porque dessa árvore é que os raizais fazem pomadas para curar feridas.

Fiquei para trás por um momento. Rudy continuou andando, talvez para me deixar processar, embora eu sentisse que estivesse guardando de propósito algum comentário depois do paradoxo que acabava de expor, algo permaneceu em sua garganta. Suspirei pensando que essas eram as terras de Lynton, ou melhor, o dote de Rebecca, e que ali estava aquela árvore. Quem sabe há quanto tempo estava lá e quem sabe o que viu, o que sentiu; lembrei da minha avó, das suas declarações categóricas de que "a escravidão aqui não era dura", era uma boa escravidão? "Melhor?" Talvez os parâmetros do sul dos Estados Unidos, da Jamaica, do Brasil e do Haiti nos seus piores dias pudessem permitir uma afirmação triste como essa. Tirei uma foto do galho, um close dos espinhos, assim me apropriei dele para vê-lo depois, de novo, tantas vezes quanto necessitasse. É uma ironia engenhosa, eu acho, que algo obscuro possa ser convertido dessa forma, que o que dói mais é também a única coisa que cura.

— Minha avó não sabia disso, tenho certeza, talvez nem Rebecca soubesse disso — pensei em voz alta indo atrás de Rudy, saltitando entre as raízes suspensas do caminho curvo e descendente. As folhas secas se desfaziam com as pegadas e a terra estava toda coalhada de sede.

— Certamente que não — respondeu Rudy, arrumando seus óculos embaçados —, essas coisas não são exatamente o orgulho da família, né?

— Josephine disse algo semelhante, que o sofrimento não é um orgulho quando é aquele que o transmite, mas a cor é.

— A cor? O branco? Sempre! — Rudy reagiu rapidamente. — Este é o Caribe, este é o mundo da plantação, mas por que você diz isso?

— Eu acho que é porque minha avó sempre insistiu que não havia afros na minha família, mas olhe meu nariz e meu cabelo aqui na testa — disse-lhe em tom de brincadeira —, você acha que isso é muito inglês? — ele olhou para mim segurando uma risadinha; é um cara tímido.

— O *wash out*, o *shake up di cola'*.

— O *wash what*? É assim que vocês falam?

— Sim, sim, hoje você ainda conversa com as avós e muitas preferem os homens mais claros para as suas filhas e netas, talvez seja inconsciente, vá perguntar a Josephine para ver o que ela diz — Rudy riu.

*Wash out*. Repeti em voz alta, é óbvio, o clareamento como "limpeza".

— E agora, como vou descobrir sobre meus ancestrais negros!? — protestei, tentando amenizar o dramatismo de toda a cena.

— Claro que estão por aí, você é *fifty-fifty*, ou três quartos, e é isso que você está tentando encontrar?

"Fifty-fifty?" Rudy me explicou que é assim que chamam aos mestiços, "três quartos" de algo, como algum ingrediente numa receita ainda sem mistura, "miti-miti", cinquenta-cinquenta. Eu sou setenta-trinta, oitenta-vinte, cinco-noventa e cinco.

— Sim, isso aqui é como tronco de *rondón*! — exclamou, dando ênfase ao *rondón*.

Pensei por um momento em Sarie Bay, no North End, nos turistas fosforescentes.

— Rudy, quer saber? O que me impressiona é esse contraste, tantas ilhas em uma, você me entende? Eu nasci como se vivesse em outro lugar, entre outras histórias — fiz uma pausa. — Lá do outro lado, há uma quantidade de privilégios dos quais no South não há nem sombra, não sei se tem realmente a ver com a cor ou o quê...

Há tanta gente pobre, à margem, também no norte. Eu pensei neles, e nos comerciantes e hoteleiros: são, como sempre, a porcentagem menor, nós os conhecemos, sabemos exatamente quem são. Disse coisas a Rudy que talvez tenham revelado meu sentimento de culpa, essa culpa que não existe na ignorância.

Rudy devia ser ao menos mestiço também, por causa da sua maneira de falar. Perguntei-lhe, sentindo-me cúmplice dos preconceitos ao cair no costume local de perguntar pela origem étnica. Sou continental, disse ele, sufocando um suspiro enquanto exalava as palavras, como se quisesse dissimular uma dor. Não tem uma gota de sangue raizal nas suas veias, seus pais lhe trouxeram bebê, de uma cidade do Atlântico, antes que completasse um ano. Então vi as oportunidades e as decisões, as estruturas da sociedade e suas ofertas, e um jovem casal de trabalhadores enfrentar um voo para o bairro recém-construído. Mas é isso que acontece, Rudy parou e sorriu tristemente, para ele essa luta é um propósito de vida, para muitos raizais não.

— Essa luta... qual é a luta, Rudy? — pensei no meu occre, raizal branca, raizal, europeia, árabe, *wannabe*.

— A autonomia, sempre, até o fim — disse ele num tom de firmeza moral.

Pensei nos silenciosos, nos muitos sujeitos cegos, surdos e mudos, da História oficial, na sua bola de desejos repetidos, de angústias legadas por uma mão invisível. "Um propósito de vida", dizia Rudy, e qual era o meu propósito? Alguém como eu tem um papel, como se a vida fosse um videogame? O que implica não cumprir com esse papel?

— Quantos raizais estão lutando, Rudy, quantos raizais sentem necessidade de resistir como raizais? — lancei-lhe a pergunta e o ativista permaneceu imperturbável.

— Os raizais não chegam a ser nem trinta e cinco por cento da população — disse ele calmamente, como se explicasse tudo, exclamei um "rá" —, exatamente, não são uma força eleitoral, o crioulo se perdeu e os "cérebros" estão fora do território. Aqui há líderes, idosos, que conseguiram coisas, mas precisam de uma motivação, que o raizal volte e se interesse... como você.

— Eu? — exclamei assustada. — Mas se não sei de nada, como você já percebeu, nem desta ilha nem da minha vida, nem de nada.

Rudy ajeitou os óculos, me deu uma risada brincalhona.

— Mas aqui está você, andando pela terra dos seus antepassados e se perguntando qual é seu lugar...

Eu sou raizal, raizal nominal, pensei, e lhe disse.

— E você não é raizal e sabe mais sobre minha história pessoal do que eu mesma. Aí está — eu disse, e acredito nisso —, suponho que tudo isso me interessa porque preciso resolver coisas para mim mesma, por razões mais egoístas que altruístas.

— Como o quê, se posso saber? — ele perguntou.

Continuamos andando entre todos os verdes da terra, pelo *bush* do qual Juleen disse que gostava mais do que o mar. Distingui o trinado daquele passarinho que canta com o U, um bem-te-vi. A todo instante passavam pássaros de peito amarelo deslizando com suas asinhas em V. Pensei no meu desejo de fugir, nos anos seguintes de cimento e de cinza, no anonimato libertador, na sua prisão, "mas é que...", comecei divagando, sem saber bem aonde chegaria meu pensamento.

— Meus tataravós herdaram vestígios da sociedade escravista, eram pessoas do seu tempo, cada um pega o melhor que seu mundo lhe oferece, certo? — Rudy concordava mjum, uh-huh. Seus pais fizeram isso, quando deixaram a cidade. — Isso acaba moldando toda uma maneira de pensar — sim, a sociedade da plantação e da contraplantação, interrompeu Rudy, mas continuei falando —, isso é herdado, a maneira de tomar decisões, as consequências...

Balancei um pouco a cabeça, estava atordoada. Vi flashes das multidões mexicanas, também das islenhas e até o enterro dos meus pais, as velas brancas, as coroas de cravos. Pensei na diabetes, no momento em que quis morrer e nos planos que consegui fazer, nas cartas que escrevi sem saber a quem, mensagens abertas que me pareciam muito ridículas se lidas em voz alta. Contei a Rudy sobre meu modo de vida nas cidades, decisões, decisões. Então Rudy cedeu à curiosidade com mais perguntas diretas e quis saber o motivo específico do meu regresso.

Na época que eu descobri com um trabalho de inteligência digital que o homem com quem ia me casar estava no sudeste Asiático com uma amante vinte anos mais velha que eu, e que estava me traindo havia muito tempo, a casa, meu único vínculo com a Colômbia, me fez voltar para a ilha. Está bem, omiti a primeira parte para evitar que Rudy passasse por um momento embaraçoso, porque, no final, é a casa que me trouxe essas perguntas que nunca foram respondidas na adolescência. A outra coisa não importa tanto, é uma consequência, talvez todo o meu relacionamento fosse apenas um recurso, pois me sentia desprotegida, o recurso da solidão. Eu era tão previsível. Resolver esse enigma é o mais importante, é urgente, agora que a ilha, a casa e a mulher estão sombrias e lascadas.

Continuamos falando sobre como a história e seus protagonistas acabam moldando vontades, transformando até a intimidade das pessoas.

Rudy procurou encerrar essa série de argumentos.

— Existem pessoas que pensam que lhes coube certas coisas por acaso na vida, que não há nenhum mistério nisso. Você sim, você precisa de respostas mais complexas, parece que para você, agora, não é apenas vender a casa e ir embora novamente.

— Sim, não, não acho, não sei o que vou fazer. Talvez eu tenha pensado demais, soube de mais coisas, todo dia é como essa conversa, inesperado — dei uma risadinha. — Imaginei que esse momento histórico está pedindo algo de mim, que eu vou me reprovar certas coisas no futuro. De repente estou tomando decisões condicionadas por heranças de silêncio e dissimulação, sabe? Esta ilha poderia ser, não sei, o melhor exemplo de convivência do mundo, se meus ancestrais tivessem pensado em perspectiva, e sua neta seria feliz... — Olhei para o chão, sentindo-me confusa com minhas próprias conclusões. Sim, eu também poderia ser o melhor exemplo, não sei, de plenitude pessoal, de realização. E não.

Rudy é um sujeito paciente. Comecei a repetir a mesma coisa, mas com outras palavras, e quando terminei, finalmente desfrutei do cheiro da estação das mangas. Enquanto andávamos espantando lagartos azuis dentre as folhas, eu não parava de pensar na ideia de que o passado pode deixar de ser condicionante, se for reconhecido, se for aceito, sem dor nem orgulho pelo sofrimento, também sem vaidade por sua boa herança. Não há mérito pessoal nisso.

— Sim, certo, não consigo imaginar como foram todas essas coisas para você — disse Rudy, interrompendo-me, sabia que de qualquer maneira havia muito mais coisa a dizer. — Ei, aqui seus conterrâneos sofrem muito de diabetes também, sabe?

Para me explicar, Rudy me contou sobre o que é o Caribe.

— Uma boa definição de nós, caribenhos, é que somos um processo, uma repetição inconsciente dos valores da plantação, das suas ideias de progresso e dos seus traumas. Li num romance uma ideia interessante, dizia que o canavial matou o homem negro duas vezes. Primeiro, o afro foi escravizado para produzir o açúcar. Séculos depois, quando ele se tornou um assalariado, o emancipado devorava ansiosamente a substância que antes era privilégio do amo. Essa foi sua segunda morte por conta do canavial.

Minha boca saliva pensando numa torta de abóbora, de limão, num café forte, nas empanadas viciantes de banana, o enjoativo *plantin tart* dos nativos. Gastar o dinheiro, até o último centavo, para continuar engordando o bolso do proprietário, morrer cegos. Uma armadilha da liberdade.

Um historiador e ativista radical, Eric Williams, líder da independência de Trinidad e Tobago e primeiro presidente da república, em sua juventude defendeu a tese, contra a visão conservadora de Oxford, de que a acumulação de capitais na Europa teria sido impossível sem o trabalho dos sequestrados nas colônias. Por fim, essa acumulação, sustentada pelo sangue de catorze milhões de africanos, foi o que tornou possível o advento do capitalismo. Rudy pesquisou essa história de perto, numa viagem de estudos a Trinidad. É lógico. O capitalismo precisa de superávits e, para isso, é melhor a empresa economizar os salários dos trabalhadores. Claro, depois dos monopólios da produção de açúcar, café e tabaco, eles precisavam de consumidores também nas colônias, ou seja, assalariados.

Proibição e privilégio, por dinheiro, depois veio a liberdade, dirigida por interesses ocultos, narrada na história quase sempre por uma voz romântica, uma voz de propaganda. Agora eu via mais uma parte da trama, uma perspectiva diferente da que se reproduz em muitos currículos medíocres.

Muito estupidamente, até agora eu não imaginava que em outras ilhas do Caribe como esta, pequenas, turísticas, houvesse intelectuais com propostas de solução do seu próprio passado. Não, nem todas as pessoas do Caribe se dedicam a fumar e ouvir reggae na praia ou vender eletrodomésticos ou coquetéis. Nessas ilhas maiores e estratégicas, os projetos coloniais foram brutais. Tenho que ler muito, reitero a Rudy, nem mesmo na universidade nunca li um acadêmico do Caribe insular. Que horror.

No ponto em que terminamos a descida, dei um giro de cento e oitenta graus. O prédio parecia enorme, vinha desde a estrada San Luís até aquele ponto que agora é o Jardim Botânico; havia sido herdado por um nativo, um parente distante que decidiu vendê-lo, como muitos, mas felizmente, também para mim, é destinado à conservação. Ali, Rudy me contou que a luta raizal pela autonomia é motivada sobretudo pela perda das terras, é a isso que Maynard se referia com a "configuração do território", argumento apresentado durante o *thinkin'*.

A dolorosa perda de terra, o deslocamento silencioso de uma comunidade, descendo morro abaixo, uma externalidade justificada pelo argumento das ondas naturais das liberdades econômicas. É isso mesmo, por que os nativos venderam? Culpa sua, eles dirão. Senti e continuo sentindo raiva, indignação.

Rudy, apesar de estar com a camiseta suada e os jeans desconjuntados, andava com agilidade e não se agitava ao falar. Limpou o suor da testa com os ombros e parou por um momento, como organizando as ideias.

— É para isso que serve o estatuto raizal, acho que você deve ter ouvido algo a esse respeito por aí. — Jamais, disse a ele. — A luta vem como reação às políticas de homogeneização cultural, sim, e da dinâmica da venda, mas também dos incêndios do cartório e da antiga intendência, lembra? Desde aquela época, muitas terras acabaram em mãos continentais.

Hoje, ele continuou contando, existem muitos processos de posse de terras que ficaram embargadas depois que os títulos de propriedade desapareceram naqueles incêndios criminosos. Os nativos não mantinham cópias dos títulos, muitos nem sequer os tinham, porque a aquisição fora feita verbalmente, como era costume nas ilhas.

A maioria da população ainda era de nativos, ou seja, de famílias com raízes geracionais, independentemente das suas origens. Depois dos incêndios, na década de 1970, a agência nacional de terras declarou que San Andrés era um terreno baldio, isso mesmo, Rudy confirmou diante do meu grito de espanto, terra de ninguém. Foi mais uma ocasião para aumentar o ressentimento em relação ao "colombiano". Quase todos haviam herdado suas propriedades por acordo verbal, à inglesa. Muitos continentais aproveitaram o caos e se tornaram titulares de terrenos com processos também, citando algumas testemunhas que disseram que o lugar tinha realmente sido ocupado por eles durante vários anos, e foi fácil assim. Além disso, décadas atrás, a Colômbia do século conservador havia estabelecido que, para herdar a propriedade, era preciso ser católico. Não consigo mais imaginar Rebecca sendo batizada na First Baptist Church, porque, tanto quanto eu sabia, com os terrenos dos Bowie não houve disputas. Agora temos que encontrar uma maneira de reverter o efeito negativo da Intendência, do Porto Livre, da abertura, o estatuto é como um mecanismo de correção, disse Rudy.

Passamos por cima de uma raiz enorme, como uma barbatana subindo do chão, cortando o caminho, logo depois fizemos um U pronunciado ao lado de uma cerca que delimitava o fim da propriedade. É até aqui que as terras de Lynton chegavam. Eu queria vê-lo andando por aí, talvez procurando ervas ou insetos, o *obiá*. No que já era o caminho de volta para a recepção, Rudy me apresentou outro tipo de perspectiva histórica.

A certa altura, fiquei irritada com tantos detalhes que agora não consigo repetir com clareza. Ele me disse que enviaria vários livros, teses e artigos, que ia citando enquanto falava. Garanti-lhe que iria ler.

Ele me contou da vez que os raizais bloquearam o aeroporto. Prestei atenção porque me lembro da situação, mas não me recordo de absolutamente nada em relação aos protagonistas. Era 1999, um ano em que todos entramos em crise.

Muitos clientes dos meus pais estavam abandonando a ilha e sua carteira de seguros estava ficando cada vez menor. Houve um par de sinistros e meus pais estavam muito ocupados, eu ouvia histórias de um navio que afundou trazendo mercadorias de Miami, a seguradora se recusava a pagar uma indenização, suspeitando que o naufrágio havia sido provocado. Desde aquela época, nenhuma empresa voltou a segurar barcos nessa rota, já famosa por tráfico de cocaína. Eu queria saber o que significavam todos os grandes anúncios nas vitrines de tantas lojas, "liquidação", "queima total", "liquidação por fechamento".

Muitos árabes foram embora para onde estavam suas famílias, para o Panamá, para Maicao, outros diretamente para o Líbano. Então em 2002 houve outra mobilização, que foi quando se bloqueou a entrada para o Magic Garden, o depósito de lixo. Samuel, o namorado de Juleen, me lembrou disso naquele dia na praia e agora voltaram à minha mente as imagens de sacos de lixo acumulados, como trincheiras de uma praga, na entrada de lojas e restaurantes pululavam baratas e ratos enormes. Passar pelo centro significava respirar um ar ácido, podre. Na escola, deram-nos instruções para parar de jogar o lixo fora e começamos a separá-lo, a lavar garrafas, latas, embalagens, plásticos.

Naqueles dias, foi a primeira vez que me lembro de ler uma notícia sobre nós num jornal nacional, um editorial sobre o risco de que o "jardim mágico" explodisse devido à acumulação de gás metano. Com o tamanho da explosão, a ilha se partiria em duas. San Andrés do Norte e San Andrés do Sul? Imagine, os *pañas* ficariam com o North End e os raizais com o South? Rudy riu, de repente nem seria necessário que o Congresso aprovasse o estatuto para definir o território autônomo do povo raizal. "Então que os turcos fiquem com o centro." "Os turcos." Eu não sabia das ações dos raizais, nem quem eram nem o que pretendiam. Meu pai opinava umas poucas coisas sobre a destituição do governador de sobrenome Newball, como o primeiro intendente. Bogotá o afastou do cargo porque ele se recusou a tirar os manifestantes raizais da entrada do depósito de lixo. O departamento estava falido e o país inteiro estava passando pela famosa crise das hipotecas.

A conjuntura era adequada, mas para Bogotá era inaceitável que as vozes pró-autonomia se fortalecessem.

— Bem, Rudy, recebi muita informação — revirei os olhos, um pouco desesperada —, eu lembro de tudo isso, mas do meu ponto de vista, acho.

— Sim, eu sei que no fundo você sabe disso, mas viveu de outra perspectiva — ele respondeu pacientemente.

Minha perspectiva é de tijolo e cimento, de ar-condicionado, enfim, de uma imitação forçada da vida em qualquer outro lugar.

Com isso, parece-me que fui cúmplice de alguma coisa, da ignorância divisória: os raizais, os continentais, os *champes*.[11]

Naquele ponto do caminho, eu estava ficando tonta de novo, comecei a sentir muito mais calor. Medi a glicose, 76 e caindo, tinha que parar, tomar o refrigerante ou experimentar o *sugar cake*. Já devíamos estar perto da recepção, Rudy disse nervoso.

— Quebra o galho um *sugar mango*, enquanto isso? — ele perguntou enquanto se dirigia a alguns montes amarelos no chão; eu levantei o olhar, parada. *Sugar mango*.

A árvore estava carregada até a tampa com cachos de mangas verdes, amarelas, algumas mais maduras, com a casca macia em tons de vermelho. Outra fruta de Lynton. Peguei uma garrafa térmica com água da minha mochila e Rudy lavou duas mangas do tamanho de meia palma da minha mão. Não sei calcular a glicose numa *sugar mango*, mas foi o suficiente. Mordi a casca da manga e rasguei; soltou-se tão fácil e com tanta polpa que eu a mastiguei também, lembrei-me de que comer seus fiapos era uma tortura com o aparelho. A fruta me provocou um flashback de todas as vezes que, com meus pais, saímos do carro e recolhemos baldes de manga no acostamento da estrada.

Poucos minutos depois, já tinha desfiado a manga até o caroço branco. Eu me senti melhor. Limpei as mãos com um pouco de água, abri o refrigerante e voltamos a andar, nesse momento eu estava suando por todo o corpo, embora deva dizer que me acostumei novamente à sensação e isso já não me incomoda tanto.

Os estudantes e o guia já estavam à frente, encontramos o grupo para sair e subir, voltar a andar pela estrada do cemitério de Harmony Hall.

A rua ainda cheirava a cajá, as frutinhas alaranjadas inundavam a pista ao lado da calçada estreita. Muitas estavam maduras e inteiras, outras convertidas pelas motocicletas numa pasta preta grudada à pavimentação. Pude olhar mais de perto esse grupo de

---

11 *Champe* é um termo usado, muitas vezes de modo preconceituoso, para se referir às pessoas que escutam o gênero musical da champeta de Cartagena, no Caribe continental. (N. T.)

moleques barulhentos, ouvi palavras que não reconheci, *makia, pri, bien makia*, repetiam. Não havia um só que parecesse nativo e a distância geracional já é inegável. Eles eram islenhos de nascimento, que cresceram com o espanhol costeiro dos seus pais. Muitos teriam caído na categoria de *champes*, com uma estética e alguns modismos em particular. Vinte anos atrás, era impossível ver um grupo assim, em que vários islenhos estivessem juntos numa universidade. Ninguém, ou quase ninguém, chega à universidade pelas mãos de outro islenho, não necessariamente por diferenças culturais, mas pelo custo de ir para o continente. Já era assim antes que existisse essa sede universitária aqui, esse programa de vínculo. Aqui os pais da maioria vendem tudo, até as tripas, contanto que seus filhos estejam no continente e muitos, mesmo raizais, fazem isso desejando que eles não voltem.

É triste que agora não consigo, para definir o pessoal da caminhada, achar alguma outra palavra menos pejorativa que *"champe"*, é vergonhosa a necessidade de resumir pessoas assim, de acordo com tendenciosos parâmetros de referência. Nessa palavra está a rejeição, basicamente, às pessoas da cidade e aos cartagenenses, a "certos" costeiros, ou melhor, aos pobres, a tudo que representa sua cultura popular: seus *picós de champeta*, seu *vallenato* carnavalesco, seu humor, sua morbidez, seu futebol. Tudo isso vinha com as empregadas domésticas, com os operários e os vendedores de frutas, com as "meninas" atendentes das lojas, com os eletricistas, com alguns taxistas. A classe trabalhadora é o fluxo do mundo que veio com o Porto Livre, que se isolou do resto e se converteu em objeto de rejeição. Agora está em todos os lugares, no topo na pirâmide social, na base, dos lados e até dentro de uma pessoa como eu, que se saiu naquele dia com Sami com o "pega leve, ok, pega leve". O gosto dos raizais pelo vistoso *vallenato* é conhecido, pela *champeta*, assim como por outros ritmos que nada têm a ver com o Caribe insular, como a ranchera.

Os pais de família que tanto se queixam da influência antiestética "dessa gente", dessa ralé, na educação dos seus filhos; da mácula que é sua presença nas praias paradisíacas, das suas brigas nas vias públicas; esses são os mesmos gerentes, hoteleiros e comerciantes que construíram seus bairros mal planejados, que trouxeram pessoas pobres em barcos para empregá-las em suas lojas, nas construções, nas cozinhas dos hotéis. Não, os nativos não trabalham da mesma forma que as pessoas desses povos, são muito mais orgulhosos, ressentem-se da invasão como ninguém. Aquele grêmio de pais ofendidos porque seus filhos agora falam *golpeao'* e ouvem *champeta* continua pressionando para que o Estado facilite sua entrada, contra as preocupações dos nativos pela superpopulação da ilhazinha, contra as disposições da occre. Isso, acrescenta Rudy, um cartão de residência pode ser comprado, de dez milhões para cima, mas para um garçom, os hotéis não pagarão esse valor. Muitos só trabalham como ilegais até que alguém os denuncia e os tira daqui, como ocorre com tantos mototaxistas. Os raizais também se queixam "dessa gente", mas muitos vivem confortavelmente de lotear suas terras para que "os indesejáveis" improvisem aos poucos um lugar para morar.

Viramos à esquerda e deixamos a estrada descendo por um caminho estreito, adornado com latas e outros detritos, que se abre numa encosta e desemboca numa clareira que dá a impressão de ser enorme. Ao olhar para cima, a paisagem se delimita com um paredão de pedra estriada de cinza e bege. Abaixo se localiza uma poça verde num canto. Esse daí é o *gully*, o pântano mítico, "mas, a-há, já faz uns três anos que não chove", disse Rudy.

O grupo de estudantes começou a ir para o lado esquerdo da pedreira. "Daqui foi tirado o material para fazer a avenida Circunvalar, você sabia?" Não, ou, se sabia, não me lembro. Escalamos alguns metros com uma corda que no começo não me deu muita confiança, e o barulho entre os garotos tomados pelo riso e as garotas aterrorizadas estava cheio de frases que eu não poderia repetir nem se quisesse. Rudy e eu subimos quase por último, lá em cima o pessoal se dispersou para tirar selfies e gravar vídeos com o fundo dessa paisagem clara, à primeira vista relaxante com a paleta exuberante do Caribe, mas inquietante vista de perto.

Do alto, o único verde parecia ser o do mar. As copas das árvores de altura média cobriam o segmento entre nós e o infinito com muito marrom e cinza, trechos de galhos mirrados, alguns intervalos de folhagem quase espessa e assim por diante, em todos as direções. Nada mais. Os terrenos limpos e queimados para a construção também se esparramavam por aqui e por ali.

— Aqui está, isso é mais ou menos tudo o que resta da floresta seca tropical em San Andrés — a voz de Rudy ainda está calma, apesar de tal visão.

Fiquei em silêncio, até que me enfureci. Mas por que não se faz nada para controlar isso? Xinguei mais um pouco, não há um *fuckin'* plano de ordenamento territorial?

— Sim, existe — explicou meu guia pessoal, que parece ter uma resposta para todas as minhas preocupações. — O que não existe é administração urbana e, nas secretarias, o que há é uma máfia com as licenças de construção, tanto que não importa se são aprovadas em zonas rurais, onde os projetos agrícolas deveriam prevalecer — Rudy riu com sarcasmo. — Também não importa se o secretário da vez mude. Em outras palavras, os hotéis boutique podem não ser "hotéis boutique" no texto da solicitação, mas "desenvolvimentos turísticos", o que é permitido... É assim mesmo...

Rudy sentou-se e eu o segui, balançávamos a cabeça, impotentes. Eu disse alguns palavrões novamente, acrescentando que toda essa manobra era um insulto à inteligência de qualquer morador. O quê? Quer dizer, ninguém se importa? Não, esses gerentes nem ligam se uma árvore cair, e não é que não haja islenhos entre eles.

Tendo deixado a mochila de lado por um momento, peguei o monitor mais uma vez. Rudy observava com curiosidade, expliquei algumas coisas técnicas enquanto passava a mão pelo sensor. Normal, 100, seta para baixo, descendo. Guardei o dispositivo no bolso e procurei o outro *sugar mango*. Com tanta informação, às vezes sinto que meu cérebro vai explodir como pipoca, disse-lhe. "É isso que acontece com todos nós, mulher", disse Rudy. Ele se levantou e sacudiu a terra das mãos nas calças, se esticou, "voltar ao Caribe é experimentar uma crise espiritual intensa".

Fazendo caretas com a língua outra vez por causa dos fiapos de manga, segui o olhar de Rudy voltado para a floresta seca, esperando ver o que ele via.

— Você se dedicou a estudar isso, Rudy — cuspi a casca para um lado, como ele —, eu só fico intrigada agora com o fato de vir deste lugar que alguma vez achei que conhecia, que ridícula.

Cerca de quinze minutos depois, o guia já estava nos chamando para começar a descida, também com cordas, pelo último trecho do caminho. Logo eu teria que comer algo mais substancial de qualquer maneira, eu disse a Rudy, mas valia a pena ter paciência e enganar o sangue pouco a pouco.

Eu estava pensando naquela coisa de crise espiritual quando notei que a partir de então a estrada estava cheia de lixo. Entre a folhagem ou ao longo da estradinha de terra, vi duas privadas de cabeça para baixo, a carcaça de uma máquina de lavar, várias TVs antigas, antenas parabólicas como a minha e muitos pedaços de lata já despojados de qualquer identidade. Como essas coisas chegaram ali, não sei explicar, não vi estradas grandes o suficiente para um carro descarregar aquele tipo de resíduos, numa motocicleta? Sério, meu povo? Quem teria colocado a bunda nessas privadas, por que não jogou no seu quintal, tudo isso e muito mais perguntei a Rudy que ficava apenas rindo, resignado com um assunto muito difícil de resolver, segundo ele.

Terminamos o passeio na laguna, em Big Pond. A laguna não está em nenhuma excursão *all-inclusive*, os turistas não a invadiram tanto como as ilhotas e as praias, os dois quiosques rastas estão abertos como sempre e a essa hora havia apenas duas loiras magricelas para ver o velho sério com longos *dreadlocks* provocando os jacaretingas com migalhas de pão. Numa lufada de ar, inalei um cheiro terroso de maconha. Rudy e eu subimos por um caminho ainda de terra, coberto com pequenas sementes duras, meio vermelhas e meio pretas. Peguei vários botões marrons cheios e me transportei de volta à infância e às maracas feitas nas aulas de artesanato. Nós já estávamos pegando fogo, eu particularmente com a cabeça fervendo. Com vários cachos nos bolsos, chegamos à estrada e pegamos o ônibus vazio que, magicamente, passou no mesmo instante, para retornar rápido e pegar a moto no Gough.

Quando me sentei e o ônibus deu partida, fiquei aliviada pela brisa e pela vista para a linha infinita ao leste, com aquele enorme trecho de verde cristal, iluminado até a extravagância pelo sol do meio-dia. Rudy estava no banco da frente, com o torso virado para não me dar as costas. Os gemidos exagerados da lataria não persuadiam o motorista a desacelerar, ele passava as lombadas sem o mínimo cuidado. Íamos pulando e atordoados com o volume do rádio, que tocou durante todo o trajeto um *jingle* que é o mesmo desde meus dias de colégio. Distribuidora tal, importadora tal, granjas e bebidas, farmácias, restaurantes. Embora, ao contrário do passado, eu tenha ouvido várias mensagens em crioulo. Pura estação de cidadezinha, pensei. Essa também é uma máquina do tempo que me remete à ilha onde sempre morei, uma ilha que tinha apenas superficiais três quilômetros quadrados, "e isso!", apontei para Rudy depois de imitar o sotaque tolo da propaganda de uma loja de tecidos.

Embora exista um abismo figurativo entre tantas ilhas diferentes, a do Sul, a do Oeste, a do Clube, a do *bush*; embora suas personalidades pareçam irreconciliáveis, a fenda começou a se instalar num mesmo ponto da flecha do tempo, quando a porta aberta da ingenuidade foi violada pelo excesso.

Aquela buzina do ônibus em que estávamos, penso agora, provavelmente acabará por se tornar uma referência topográfica para as gerações futuras, assim como foi para mim o *School Bus* gringo que está parado depois da entrada para o Gully.

Daremos instruções com relação ao seu local de descanso derradeiro, imagino, será eterno para muitos e, portanto, será difícil questionar sua existência. O que nos parece natural é muito difícil de remover, como a necessidade do comércio comum, como a crise de um hospital em que não há nem gaze, onde as placentas e os membros amputados apodrecem ao ar livre. Isso já é normal para nós. A impossibilidade de nascer ou morrer em paz, em San Andrés e em Providencia, já é um fato comum, como a merda sem tratamento, vomitada à razão de vinte piscinas olímpicas por dia através de um tubo a menos de um quilômetro da costa.

Depois de um tempo, dobramos a esquina e, novamente, o mar, a lojinha com seus gêmeos e Lynton lá nos fundos.

— Como é dentro é fora, frágil, transformado em nada — eu disse aleatoriamente ao descer do ônibus, para concluir.

Cruzamos a entrada da universidade, já deserta a essa hora, exceto por uma galinha que vagueava com sua longa cauda de franguinhos multicoloridos. Rudy limpou a testa com uma manga e procurou as chaves da moto nas calças.

— Você acredita em coincidências? — Rudy me perguntou de repente, num tom travesso, tirou os óculos com um gesto um pouco dramático e os limpou com a camiseta. Sem óculos, seus olhos pareciam menores, puxados, afundados na pele de cobre.

— Por que está me perguntando isso? — Rudy subiu na moto e ligou o motor, eu subi na garupa, ajeitei a mochila e arrumei meu cabelo e o boné molhado de suor.

— Porque... — abaixou a voz e esperou que saíssemos da universidade para a rodovia — ... eu tenho uma resposta para você, ou, bem, uma parte — eu o vi sorrir pelo espelho retrovisor, manteve o segredo durante todo o passeio. — Eu tenho o testamento do seu tatara-tataravô, o escravizador Torquel Bowie — ele cantou. — Acho que você vai entender muitas coisas quando ler.

## VI. Os papéis do tempo

A convenção geral é que no papel pulsa o coração de toda memória. Embora de alguma forma tenhamos a sensação de que entre os comentários omitidos exista mais verdade do que nos registros formais, meus contratos de aluguel, meus títulos de propriedade e minhas apólices de seguro, incluindo minhas obrigações bancárias, tudo o que me pertence desapareceria legalmente se não tivesse suporte físico, se não houvesse materialmente algo que o determinasse. Aqui está algo meu, algo de 1836, assinado à mão com as letras de alguém que sempre viveu nas minhas sombras, que certamente falou comigo sem se identificar, através do comportamento da minha avó, da sua mãe, da mãe dela e da mãe dela.

Menos de uma hora depois de me despedir de Rudy, chegou no meu e-mail a versão digitalizada do documento antigo em que algumas partes são ilegíveis. Tem um selo nacional comprado por três pesos colado no canto superior esquerdo.

Em nome de Deus, nosso Senhor, amém.

Eu, Torquato Bowie, vizinho e proprietário de terras da ilha de San Andrés, encontrando-me em meu são juízo e memória Graças a Nosso Senhor, faço e ordeno esta minha última Vontade e Testamento de modo e forma seguinte: Primeiramente, recomendo minha alma ao Todo-Poderoso que a criou. Segundo, Que meu corpo seja enterrado com decência a critério dos meus Executores, e que todas as minhas dívidas legais sejam satisfeitas.

Eu leio e releio sentada na cama, quase na penumbra. Examino até os erros de transcrição. Enquanto isso, mastigo a parte que me resta do doce verde, de coco e canela. Uma cigarra e o leque preguiçoso é tudo que se pode ouvir no momento, e um motor ronronando, muito, muito longe.

Terceiro: Com relação aos bens com os quais Nosso Senhor serviu para me abençoar neste mundo disponho da seguinte maneira: Dou e ordeno que sejam dados ao meu amado neto James Duncan Dowie os seguintes escravos, a saber, Dick (conhecido por) Richard

Bowie, Cambridge, Pleto e Francisco, bem como uma parte das terras ou terrenos localizados Quazy no centro da ilha, conhecidos geralmente pelos qualificados e distintos nomes de Shingle Hill, Sargeant Ground e Coco Plum Bay, com todas as casas localizadas neles. Dou e ordeno que sejam dados ao meu amado neto Torquato Bowie os seguintes escravos: Heny, Little Jim, Judy, Deptford e Charlie, e um pedaço de terra conhecido pelo nome de Lions Hill. Dou e ordeno que sejam dados ao meu amado neto Richard Tunner Bowie os seguintes escravos: Golo, Roys, Dummorea, Serphin e Rodney e igualmente um pedaço de terra localizado no extremo sul da Ylha e conhecido pelo nome de Cay Bay. Dou e ordeno que sejam dados à minha amada neta Henrietta McKeten Bowie os seguintes escravos: Dick, Titus, Lunar e Andress, dou e ordeno que sejam dados à minha amada neta Arabella McNiel Bowie os seguintes escravos: Hannibal, Pheby, Abram, Arabella e Darley. Dou e ordeno que sejam dados à minha amada neta Mary Ann Bowie os seguintes escravos: Jack, Duffice, Fejsy, William Moor e Harriet. Dou e ordeno que sejam dados à minha neta muito amada Lousa Elizabeth Bowie os seguintes escravos: Victoria, Jack, Thomas, Lucinda, Rebecca, Charles e Lettice. Dou e ordeno que sejam dados a Robert Archbol Bowie os seguintes escravos: Jack McKeller, Lawrence e Mongolo May. Dou e mando que sejam dadas às minhas amadas netas em partes iguais minhas terras na Ylha da velha Providencia conhecida pelo nome de Fresh Water Bay.

Existem dados das autoridades da época, nomes, títulos que não me importam...

... em cujo testemunho eu firmo e assino na presença da principal autoridade do cantão e abaixo assinado Secretário que também assinam comigo na Ylha de San Andrés no vigésimo dia do mês de abril do ano de nosso senhor de mil e oitocentos e trinta e seis.

Uma vez vi um documento do século XVI numa das galerias de um museu, em que aparecia num diagrama como deveriam ser armazenados adequadamente os escravos no porão inferior de um navio. *Plan of lower deck with the stowage of 292 slaves. 130 of these being stowed under the shelves.* O plano do andar inferior mostrava os bonequinhos amontoados pintados de marrom, rodeando a forma do barco. Mercadorias, bens, propriedades. Mostrava-se quantos cabiam entre fileiras e fileiras e nos demais compartimentos. Assim chegaram meus escravos às ilhas. "Meus escravos." E seus ombros e mãos são os que edificaram, a longo prazo, meus privilégios.

*Enrolar, fechar, inspirar.*
*Exalar.*

Fecho o computador.

Estou entrando na onda do *sugar cake*; uma cena composta por um túnel sinuoso, uma furiosa oscilação me faz flutuar e me lança no fractal de um cavalo-marinho, outro maior, menor, maior, menor, hipocampos multicoloridos, "aqui a escravidão não foi assim, não foi tão cruel", é a voz de uma Rebecca? As mães não são de papel, são feixes de lembranças, impossíveis de verificar. Então, sou o hálito de um fiscal que viaja nos ponteiros de um relógio, para trás, até ver um clarão. "E quem era seu pai e quem era sua mãe?" A mão distante que sela o papel. Numa festa, há um Dick, um Deptford, um que se conhece por Richard Bowie, e música de bandolins. Estamos subindo, mãos e pés em preto e branco, colados a uma palmeira, ao fractal de uma palmeira, voamos para a próxima palmeira e descemos os cocos, carregando cestos sem parar, suando mares e rios, descarregando numa escuna, no fractal de uma escuna, que parte em direção ao horizonte e desaparece, retorna, os cestos vazios voltam a se encher. E Rudy, seu rosto e suas pálpebras tranquilos aparecem gigantes e soa a voz que oscila, dizendo que do mesmo pau que tortura sai o remédio. Toca um riff de bandolim que se repete e o golpe da mandíbula de um cavalo, vejo o caminho pelo jardim, as mangas e muitos *bread fruits* de morto, uma enorme montanha verde brilhante como sua casca, feita de peças que se encaixam perfeitamente, todos os cantos, todos os ângulos dos hexágonos, eu os estudo e eles me preenchem, eles me absorvem completamente entre a polpa leitosa e o coração, onde ouço o beat de um baixo artesanal feito com uma poncheira de metal virada de cabeça para baixo, um *bass tub*. Meu coração se acelera com esse ritmo, estou numa plantação, milhares de coqueiros, estou patinando pelas curvas do tronco áspero da palmeira e caio na água. Eu nado, nado pela barriga doce do cavalo-marinho, sinto o gelo da corrente que me embriaga sem me afogar, e saio nas margens da laguna. Estou levitando nua e vou em silêncio, como um fantasma, que ninguém me veja, ou não vão entender o que sou nem de onde venho. O ônibus aparece, desmantelado como toda fabricação que vem de fora, mas há um Charlie, um Dummorea, um Serphin. E aí está o rosto deles, de narizes largos, cabelos espessos, olhos misteriosos, bocas cerradas, seus corações estão tristes. Como dançam para se alegrar, como seus corpos dançam e flutuam agora, convertidos em raios de luz. Eu danço no passado, em outro universo ao qual visito com essa magia que a mão de *Maa* põe no pão de açúcar, uma magia que condensa o tempo para poder tocá-lo. Nesse quarto vejo os rostos que vi quando cresci, o de Juleen, também o rosto curioso dos vizinhos suecos expulsos pela agência de controle, eu pulo, pulo sem me mover nem um centímetro, ao redor da ilha, vou subindo pelo morro do Cove, sempre vendo pela janela, a janela algumas vezes acima, outras vezes abaixo. Também me examinam, me procuram, olham para mim, me tocam com seus milhares de olhos as pessoas daqueles rostos nos quais encontro minha mandíbula e meus quadris que balançam, o sangue que se revolve em mim, uma Judy, uma Heny e uma torrente de lembranças alheias, um porto na costa quente daquele lado do mar, um mar terrível que traz morte e esperança e dores de parto. Uma lufada me carrega e me detém de repente num giro desse labirinto que me fascina, a brisa me empurra para os cemitérios, me sinto confinada e tremo dentro de uma sepultura, onde há uma pequena ilha, uma ilha menor e outra menor, pulo para ela, pulamos e ela se expande para o infinito, quem me habita, quem me chama? *Gyal!* Quais são esses perigos? É o açúcar? Não sei se falo em voz alta ou estou muda, se minha garganta dói porque nunca a usei ou se acabo de gritar mais do que nunca. Crack!, Jerry está brincando, lá está ele como na foto, mas ele sorri e pisca para mim. *Raaf, ruuum, croooch*, ouço protestos e censuras, a música para, os músculos estão cansados, os olhos se fecham... o tempo, a flecha, a prisão, o ensopado que é o tempo, um bolo de Mission Hill e de Likl Gough e de Bowie Gully. Um relâmpago anuncia um trovão, eu caio, caindo...

## VII. North End

Estamos no início de novembro e a ilha parece explodir de loiros altos e olhos azuis. As visitas à praia de North End são como um intercâmbio cultural, salvei telefones com códigos de discagem que até agora não conhecia: +90, +42, +45, +46. Algumas semanas atrás, fui cumprimentada no mar por um norueguês que estava viajando sozinho, tinha um nome inicialmente impronunciável que queria dizer "Deus do vento". Depois de todas as suas viagens pela América Latina, ele tinha escolhido se apresentar como "Kevin", o nome mais próximo foneticamente. Ele era psiquiatra e estudara algo sobre o surgimento da demência como sintoma de uma sociedade doente. Falava perfeitamente português e inglês e um espanhol com um acentuado sotaque ibérico. De muito boa vontade, me converti em guia do loiro de baunilha, fomos dar uma volta pela ilha na sua scooter alugada e lhe comprei empanadas de caranguejo em Sound Bay. Ele estava hospedado no meu bairro, num apartamento que certamente não está registrado na secretaria de turismo. Isso acabou sendo muito conveniente, embora apenas no último dia da sua estadia é que descobri que o deus do trovão beija com uma delicadeza difícil de imaginar tendo uma voz tão profunda, um corpo tão alto e bem estruturado. Eu nunca tinha beijado alguém tão... caucasiano. Depois do primeiro desses beijos, na manhã seguinte na sala de estar da minha casa, pouco a pouco, o norueguês deixou escapar um espírito dominante que me levou, entre jogos sutis com a língua, a amassos fortes e frases sugestivas. Teria acontecido muito mais, mas o voo dele estava partindo dentro de uma hora e nenhum de nós quis apressar algo tão explosivo.

Fantasiei sobre o deus nórdico por algumas noites. Alguns dias se passaram até que no supermercado conheci um alemão que estava fazendo sua primeira viagem à América Latina. Também viajava sozinho. Com ele, depois de alguns dias de saídas ao mar, de jantares, minha prudência acabou e eu decidi devorá-lo vivo. E o cara do passado, aquele que me traiu? Não existe. Eu tinha esquecido o significado e a importância vital do bom sexo. Agora comecei a pensar na Europa, na metrópole, no imaginário idealizado por nós, os colonizados. Eu penso na branquitude daqueles dois homens, na conversa bem argumentada e na ternura que existe por trás dessa dominação desenfreada. Nessas noites, nesses dias com o alemão, houve aquele tom de vulnerabilidade que há nos bons encontros. E lágrimas. O prazer vem com fluidos, os melhores orgasmos também com lágrimas, capazes de derreter a natureza mais fria. Ficamos surpresos por termos nos encontrado; na sexta-feira que nos despedimos, rimos num longo beijo, fervendo numa nuvem cheia de hormônios. Esta manhã recebi mensagens dele e ainda fantasiei, incurável. Eu acho que esse é um dos efeitos do exotismo do Caribe, as tempestades repentinas, o prazer de recebê-las, de se apaixonar como uma arte reacionária à monotonia.

Hoje, depois daquelas semanas confiando na coincidência casual, decidi sair e visitar a única biblioteca da ilha. Cheguei ao centro num mototáxi que foi difícil de conseguir na esquina da minha casa, discuti com o homem e tudo, porque ele queria me cobrar o dobro. Subi as escadas do prédio branco e agora estou numa sala menor do que o primeiro andar da minha casa, cheia de caixas espalhadas, algumas mesas retangulares e prateleiras bagunçadas. Duas crianças perambulam de lá para cá, gritando. "Estamos aqui de passagem, de manhã é mais silencioso", a senhora da recepção se desculpa. A mulher é magra e de cor amendoada, ela me atende pessoalmente tratando-me num espanhol formal sem uma pitada de sotaque, tem sardas, olhos esbugalhados e o cabelo grosso alisado, loiro escuro natural. Eu pergunto por livros de história do arquipélago, articulando palavras com a imagem do alemão na tela da minha mente. A senhora me traz uma pilha de livros, "lê em inglês?", ela pergunta e depois me traz uma pilha grande. Ela me avisa que, quando a diretora chegar, solicitará permissão para pegar uns livros que estão guardados no seu escritório.

Quero mergulhar no arquipélago, satisfazer minha fome de entendimento desses convidados barulhentos dentro de mim. Quero as árvores genealógicas, procurarei os grandes ramos dos primeiros colonos para ver se construo uma relação direta entre meus delírios e a improvável cadeia de eventos que me trouxe de volta a esta costa, a sentar-me nesta cadeira. Com todos esses papéis da História, talvez eu consiga montar algo como aquela montanha perfeita de casca de *bread fruit* que vi uma vez, peças de uma série complexa de regras e disposições alheias a vontades individuais, que acabou me dando à luz, séculos depois.

Desde os anos 1600, como diz a salsa, muita água correu debaixo da ponte. Eu deveria ter começado a pesquisa no meu primeiro ano de faculdade, isto é, quinze anos atrás, para conseguir digerir a imensa quantidade de dados. Ok, estou exagerando. Estou com a mesma *vibe* da viagem onírica daquela noite, na qual aconteceu a situação inexplicável de voar ao longo de pelo menos trezentos anos, quando me vi dançando em preto e branco e catando coco. A realidade me parece cada vez mais incerta, indeterminada, maleável. Entre essas páginas, corto em camadas a história colombiana contada pela cordilheira andina, fria, crioula, elitista. A partir dessa mesa arranhada pelas crianças que são como eu já fui um dia, passo para um trecho desconhecido do século XV, que nos situa em mapas sobre as mesas no almejado velho continente.

Depois do *Mayflower*, o navio que chegou à Virgínia e sobre o qual se edificaram as treze prósperas colônias americanas, em 1633 o *Seaflower* partiu do porto de Bristol. Seu destino era nada menos que Old Providence. Era o plano da coroa britânica que se fundasse, a partir dessa ilha, digna de muitas outras fantasias, um ponto estratégico para desenvolver o projeto econômico do Ocidente, como diz um historiador inglês chamado Parsons. Estamos falando do *Western Design*. O design ocidental, o plano sobre o qual se edificaram a modernidade e o capitalismo globalizado, com suas mentiras e suas crises, cresceu a partir da ideia de um monarca de aproveitar o continente recém-descoberto para a extração de matérias-primas. A organização dessa empresa passou por esse lado, incluiu essas coordenadas, objeto de tantas ambições até o dia de hoje. Essa fase da história é, obviamente, posterior à presença dos índios misquitos, os indígenas que navegavam da costa para o ocidente, que vinham extrair o cedro para seus barcos e caçar tartarugas.

Henrietta, o primeiro nome colonial da ilha de San Andrés, não era propícia para se estabelecer ou fundar uma colônia. As praias compridas, as poucas enseadas e as águas planas cheias de arrecifes a tornavam indefensável, terreno fácil para qualquer desembarque surpresa ou para os naufrágios, por isso a montanhosa Providence reunia toda a atenção dos colonizadores, por seus riachos e suas baías pronunciadas. A ilha irmã foi o lar dos primeiros quinhentos homens e quarenta mulheres, famílias de puritanos ingleses que, aliás, não trouxeram escravos com eles.

Providence foi visitada anos depois e frequentemente pelos holandeses, proprietários de navios negreiros e protagonistas do comércio de escravos no Caribe. A coroa holandesa quis comprar a ilha em algum momento e fez uma oferta de setenta mil libras, mas a Inglaterra recusou, apenas para perder o domínio pouco tempo depois. Começaram a chegar os primeiros escravizados a um território completamente desconhecido para um homem ou uma mulher africanos. A escravidão não foi uma novidade do século XV, nem tampouco uma invenção europeia. Vá saber desde quando existe trabalho forçado, os árabes compravam escravos africanos há muito tempo, e clãs e tribos negociavam com seus inimigos sequestrados também de muito tempo atrás. A novidade foi edificar o tremendo projeto colonial dos recém-formados impérios europeus baseado nesse sistema.

Continuo escaneando as páginas, atenta para ver se meus próprios antepassados saltam das letras.

Quando os piratas começaram a invadir os mares, um par de anos depois da primeira colônia, se construiu o Fort Warwick que, junto com New Westminster, o centro de Old Providence, seria tomado e retomado muitas vezes na longa disputa entre ingleses e espanhóis pelo domínio do Caribe. Houve problemas logísticos. Necessitava-se de muita gente para poder povoar todas as colônias, os suprimentos e os novos colonos tinham de ser enviados de Massachusetts pela coroa britânica, e isso sempre era muito demorado.

Os espanhóis finalmente aparecem em cena em 1641, quando tomam Providence pela primeira vez. Na época, de acordo com o registro que deixaram, havia 381 escravos, aqueles que não tinham conseguido fugir numa recente revolta negra em 1638. Os novos ocupantes também encontraram quatrocentos ingleses; os homens foram expulsos como prisioneiros para a Espanha, e as mulheres e crianças, enviadas para a Inglaterra. Um capitão inglês chegou apenas algumas semanas depois da tomada com os suprimentos que a colônia tinha pedido anos atrás, mas teve que voltar com todos os mantimentos quando encontrou os espanhóis ocupando New Westminster. Em 1655, a humilhação de perder Old Providence levou os ingleses a uma retomada depois de ter consolidado a colônia na Jamaica, a partir da qual seria muito mais fácil abastecer a ilha. E é nesse momento, muito breve, que aparece Henry Morgan, de quem eu só sabia que havia escondido um tesouro na famosa Caverna de Morgan, que hoje é vendida como atração turística em todos os passeios.

Piratas são anarquistas por definição. As ilhas que eles dominavam tinham sua própria lei e eram campos de diversão e de estratégia para o próximo assalto. Como é bem sabido, eles obtinham permissão para fazer diligências que prejudicariam a Marinha de qualquer império, e eram usados pelos monarcas para enfraquecer as rotas de navegação inimigas. Nos episódios protagonizados por Morgan, o Império britânico estava interessado em interromper as rotas espanholas que passavam pelo leste de Henrietta e Providence. Sir Henry Morgan foi imortalizado com a execução de um plano arriscado, que constituiria o primeiro ataque a um porto e não a outro navio, o assalto espetacular a Portobelo, no Panamá, o local onde os galeões espanhóis carregavam o ouro e a prata do vice-reinado peruano, extraídos por milhares de exaustas costas negras.

Como todas, essa foi uma época de grande instabilidade. Além de investir no plano imperial, na Inglaterra estava sendo fundada a República da Commonwealth sobre a cabeça decapitada do rei Charles I, e Henry Morgan chegou a ser consultado por Oliver Cromwell sobre os principais locais para o domínio do Caribe: Maracaibo, Havana, Veracruz, Portobelo e Old Providence. Sem Providencia no mapa, por exemplo, Morgan não teria onde planejar o golpe em 1670. Quando seus navios atracaram na ilha, ninguém dentre os 450 espanhóis raquíticos teve ânimo de opor resistência ao desembarque e à tomada do forte. As pessoas estavam há anos sem comida ou munição, apesar dos pedidos desesperados para Cartagena. A coroa britânica só se retirou permanentemente desse Caribe quando perdeu as doze colônias depois da Revolução Americana de 1774.

O Tratado de Paz de Versalhes de 1783 reconheceu a fundação dos Estados Unidos da América. Três anos depois, a coroa negociou a convenção para a evacuação da Costa dos Mosquitos, que incluía a retirada definitiva dessas ilhas. Desde então, aqui tem se recordado a coroa britânica como algo glorioso. Possivelmente, essa glória se deve apenas ao fato de a coroa ter reconhecido a importância estratégica de um lugar, mesmo que fosse ingovernável, e de que o arquipélago foi em algum momento da história objeto de grandes sonhos. No esforço de desocupar a área, os britânicos embarcaram alguns colonos para a Jamaica e outros para a fundação da ilha New Providence, nas Bahamas. Imagino famílias cansadas com tanta movimentação, com terras e colheitas. Foram essas famílias que solicitaram para a coroa espanhola a autorização de residência, prometendo lealdade. Inicialmente a proposta foi rejeitada, leio e sigo as pistas, mas então o tenente Tomás O'Neille aparece no navio que vinha de Cartagena com o objetivo de expulsar todos eles. Foi O'Neille quem acabou ajudando os colonos a tramitar uma segunda petição em 1789, à qual acrescentou as promessas de conversão ao catolicismo e a suspensão do comércio com a Jamaica.

Três anos depois, veio a resposta positiva do rei Carlos IV, que incluía, e leio com admiração, o primeiro período de porto livre que este arquipélago teve. New Westminster foi rebatizada pelos espanhóis como Santa Isabel, como ainda é conhecido o centro de Providencia, para deixar para trás a relação com o centro do governo britânico.

O'Neille era tão mestiço quanto os caribenhos. Irlandês de nascimento, como os antepassados de Jeremiah e os meus, era católico e também islenho, criado nas Ilhas Canárias. Não me lembro de ter aprendido nada sobre ele, embora seu nome me seja familiar. Ele foi o primeiro governador de Providencia até 1810, algo assim como um ditador benevolente, diz o historiador inglês. O irlandês só se afastou do cargo por alguns anos quando foi chamado à capitania da Guatemala.

Continuo lendo com toda atenção.

Quando O'Neille foi solicitado na capitania, ele delegou suas funções a... a *don* Torquato Bowie. Dono dos títulos de propriedade sobre Southwest Bay, de várias colheitas de algodão prósperas em San Andrés, e amo de muitos escravos, *don* Torquato era um dos proeminentes habitantes de Providencia.

Um calor toma conta de mim. Aí estão os convidados da festa, do conjuro de *Maa*. Essas páginas me interessam.

Bem, "muitos" escravos eram dezesseis. Um tal de Federico Lever tinha cinquenta, mas a responsabilidade da ilha não recaiu sobre ele. Cada escravo valia então mais ou menos 112 pesos, e, para ter uma ideia proporcional, uma cabeça de gado valia quase nove. Certamente anos depois, quando Livingston apareceu, vovô não iria libertá-los assim tão fácil.

Neste livro sobre a história de Providencia no século XVIII não existe — nem no livro do arquipélago até 1901 — quaisquer dados indicando que Torquato foi o primeiro Bowie a chegar às ilhas. E eu tenho que achar essa informação de alguma forma. Mais adiante, Torquato, que conheci por testamento, fazia parte do conselho que em 1822 assinou a favor do reconhecimento da Constituição de Cúcuta, conselho que anexa San Andrés e Providencia a Nova Granada. Meu antepassado a favor do continente, da república libertada por Bolívar numa campanha espetacular. Em parte, a adesão à nova república deveu-se ao empenho, nesse assunto, de um corsário francês, Louis Michel Aury. Outro pirata.

Paro por um momento e tiro os olhos do livro. As duas crianças continuam a brincar estendidas num plástico com formato de peças de quebra-cabeças. Ainda estou aqui, no século XXi, mas esses episódios tocam fibras, abrem portas para mim, eu os atravesso impaciente e vou unindo-os à minha própria reconstrução de memória.

A França havia favorecido a campanha de independência de Simón Bolívar pelo enfraquecimento da Espanha. A Europa estava então ocupada, em guerra como sempre, a Espanha se convertera por Napoleão Bonaparte em seção do Primeiro Império Francês. O corsário Aury, simpatizante dos interesses revolucionários franceses, havia dado muitas voltas no Caribe em pleno nascimento das repúblicas modernas, quando o Haiti se tornara independente da França e Maria Antonieta e Luís XV passaram pela guilhotina.

Louis Michel foi uma figura de certa importância depois da Batalha de Boyacá, com a tentativa de reconquista em 1815. Quando Pablo Morillo, "o pacificador", iniciou o famoso sítio a Cartagena, Aury acabara de ser expulso dos Estados Unidos por pirataria. Saíra com três barcos da Ilha Amelia, mas quando apareceu em Cartagena tinha treze barcos sob seu comando. Ele assumira a missão de evacuar duas mil pessoas do forte, mas fracassou devido ao mau tempo e, embora um de seus capitães tenha conseguido evacuar o governador, acabou roubando-o e fugindo para Providence com a pilhagem. Quando Aury chegou ao Haiti no ano seguinte, onde o libertador se encontrava exilado, é claro que Bolívar não o recebeu de boa vontade. A oposição do francês à estratégia de Bolívar ganhou sua inimizade até sua morte em 1821 e, segundo alguns, também a omissão de sua figura nas páginas da História da Colômbia, embora ele tenha sido crucial para que nas ilhas soasse a ideia de adesão a Nova Granada. Aury morreu em Providencia, aonde tinha voltado com seu amigo, o jovem geógrafo Agustín Codazzi. Hoje se sabe do flagelo de um furacão que durou doze dias e que destruiu todos os edifícios da ilha em 1818, graças às memórias do italiano. Foi nas embarcações de Aury que Codazzi realizou o traçado dos mapas da época.

Abandono o livro por um momento, sou interrompida por uma mulher com cabelos curtos grisalhos muito elegantes, é a diretora da biblioteca. A mulher da entrada lhe contara sobre minha pesquisa, e a diretora me trouxe um livro que parece um caderno de primário. É uma obra com as árvores genealógicas dos quatro sobrenomes mais representativos de Providencia, resultado de um pesquisador local, J. Cordell Robinson. Não existem muitas cópias e, como não há sistema para controlar sua circulação, o livro é mantido numa das salas fechadas ao público, explica a senhora. Traz ainda outros que diz que podem me interessar.

Continuo por um momento com a história do francês, até que ele é enterrado no Fort Warwick em Providencia. "Ah, a ilha mais amada pelos piratas, por Aury", diz a mulher da biblioteca, parece não haver um consenso real sobre seu papel na História da anexação à Colômbia. Aury teria sido enterrado com um tesouro, o túmulo foi saqueado muito recentemente. Houve muitas versões, vários vizinhos, que não quiseram formalizar seu testemunho diante das autoridades, decerto por medo da retaliação dos responsáveis, dizem que viram moedas antigas, joias, e até se fala de duas espadas de prata. Um relatório ministerial nega a possibilidade de que houvesse realmente uma sepultura na zona de escavação, por mais irregular que fosse, num sítio arqueológico como esse, mas, de acordo com os boatos, os restos de Aury foram jogados no mar em frente ao forte. Dizem que são bem conhecidos os caçadores de tesouros que teriam vindo com equipamentos de detecção de metais. A mulher me conta sobre isso com um toque de indiferença. Histórias como essa não são novas, acho. Muitos mergulharam na caverna de Morgan e inclusive vários morreram. Nunca ficará claro, como tantas outras coisas, digo à mulher apontando o livro que ela me trouxe, porque o imagino tão cheio de dados como de omissões.

    Agora, sim, abro o material seguinte, agradecimentos, introdução etc. E vou para os Archbold, os Taylor, os Francis e os Robinson e não vejo ninguém. Eu salto. Salto, salto, salto. Ninguém.

    Aqui. Rebecca Bowie. A-há! Barulho, vozes. E sua mãe? Volto para cima, entre as linhas já cheias de outros sobrenomes, May, Fa-

quaire, Serrano, Martínez. Viro folhas e folhas de volta, e encontro:
— ARNAT ROBINSON E JAMES DUNCAN BOWIE JR.
  — VIOLET BOWIE
  — REBECCA BOWIE
    (COM JEREMIAH LYNTON)
      — IONE LYNTON
      — VIOLET LYNTON
      — CASSILDA LYNTON
      — ROSSILDA LYNTON
      — RONALD LYNTON
      — NOELA LYNTON
      — OWEN LYNTON
      — AIDA LYNTON

Aqui soa a música sedosa de Josephine e seu bailado me atravessa, com os nomes das minhas tias-avós. Eu sorrio. Pergunto-me se era pedir muito ao meu pai para pesquisar esses dados e inseri-los na árvore genealógica que ele teve que levar para a agência de controle, digo em voz alta. Este livro ainda não tinha sido publicado, diz a mulher da recepção, "você teve que levar uma árvore genealógica para o occre?", pergunta surpresa. Sim, eu precisava, porque estou do lado mais claro da história.

Arnat Robinson, minha nova avó. Sei mais sobre Torquel Bowie agora. Arnat se casou, ou melhor, casaram-na com o primogênito, o herdeiro supremo, e isso deve ter sido alguns anos depois que Livingston chegou. Eles certamente se cruzaram e conversaram sobre isso. Havia homens libertados, que não sabiam que haviam sido libertados, de acordo com um dos livros, de acordo com todos os *rondones* de pensamento e de acordo com o folheto da igreja.

Tiro fotos das páginas do livro, *The Genealogical History of Providence Island*. A biblioteca está quase fechando.

Vou ao banheiro antes de ir embora. Passo o monitor, 113, tudo bem.

São cinco da tarde. Vou descendo as escadas do prédio que em qualquer cidade seria minúsculo. Viro-me por um momento e vejo que hoje volto a achá-lo tão grande quanto me parecia nos meus dias de colégio. Chego à esquina e uma mulher robusta de rosto comprido me oferece a cotação do dólar. Caminho ao lado das vitrines de doces e enfeites, de roupas de banho. De fato, todos os prédios me parecem toscos. Um é colado ao outro sem dar uma trégua para a paisagem, apinhados como para disfarçar a má combinação de cores irregulares, brancos e marrons, ou as fachadas de vidro. A *bunch of ugly builidings*, diz o guia da *Lonely Planet* que os europeus trazem consigo, um monte de edifícios feios? O alemão e eu tínhamos achado graça nisso.

Passo pela avenida Costa Rica, estou chegando à rua em que ficava o escritório dos meus pais, agora cheio de instalações pequenas, acessórios e coisas para celulares, os paus de tirar selfies, bonés, "Eu coraçãozinho vermelho San Andrés", destilados, licores, bebida barata. Em todas as lojas se anunciam descontos, lençóis, toalhas, ventiladores. Um nativo me vende manga em crioulo e me diverte, outro homem cor de canela me ultrapassa, vestido com uma camisa social e calça comprida; o árabe peludo de olhos escuros me oferece "barato, barato" o que eu quiser e a vendedora costeira me diz que está às ordens. Repete o mesmo aos europeus altos que regressam da praia, um casal de loiros de quase dois metros, falando algo que me parece holandês. E penso em como um pouco desse lugar também pertence de alguma forma a todos eles, na forma do mundo que fez tudo confluir no Caribe. Em nenhum outro lugar da Colômbia isso é tão claro, em nenhuma outra fronteira há outros seis estados. E nenhum outro lugar está tão fechado às suas possibilidades. Nenhum outro lugar me dói mais, certamente, e nada me consola tanto quanto me confunde. Uma senhora com sotaque *paisa* me oferece empanadas, de frango, de carne, sentada numa cadeira que é a mobília descascada do calçadão do North End. Um cabeludo de barba oferece tatuagens de hena sentado no chão, uma velha de cabelos tingidos de loiro, com uma saia longa, me mostra algumas pulseirinhas artesanais em tons rastas. "Tour das arraias, as enseadas, tour para a barreira, *mami, mami*", de repente muda o tom, "eu te levo de graça, ts, tss, tão séria", as frases da praia.

Piratas. É isso. O que todos nós temos em comum? Aqui todos somos piratas.

Vou andando pela ponta norte. Chegando à enorme vitrine da perfumaria perto do café, acho que, vendo-me no reflexo do vidro, não deixei de parecer turista, com meus óculos de sol, o vestidinho branco, os tênis e a bolsa no ombro. E com um frescor próprio. Lá de dentro vem o frio do ar-condicionado, o cheiro de alguma dessas fragrâncias anunciadas com ouro e gelo, uma mulher de longas pernas bronzeadas sorri de soslaio sobre o fundo branco, e eis George Clooney de fraque nos trópicos, ao lado de um cartaz em que se avisa que são aceitos pagamentos apenas em dinheiro, como em todas as filiais, devido a um escândalo de lavagem de dólares no Panamá.

Entro para me refrescar. O dia todo foi muito úmido e agora, às cinco, o ar é como um suspiro gasto. Não há quase ninguém na loja, que tem duas grandes escadas rolantes no meio levando a um segundo andar que estava em obras. Bolsas, lenços, cremes, perfumes de todos os preços e muitas vendedoras alinhadas no uniforme verde, fofocando, apoiadas nos balcões. Há uma briga entre duas delas e uma terceira quer interceder, dizendo que uma é muito grossa, a outra é muito preguiçosa. "Você é que é bocuda, fofoqueira", diz a de unhas vermelhas longas para a mulher mais velha, uma morena clara com uma voz baixa e aguda, "mas hoje você deixou também a torneira de asneiras aberta, o que você está querendo?"

— Pois não, senhorita? A gente precisa trabalhar, isso mesmo — ela diz e muda de tom. Eu olho para ela, confusa. Não vejo ninguém com cara de patrão. Ocorre-me perguntar "amiga, você tem capa para computadores?", e sem dizer nada, a morena caminha às pressas para outra área da loja, ao lado de onde está a roupa de baixo.

Ela começa a olhar e a procurar as capas por conta própria e depois olha para mim, pergunta o modelo e solta para a outra:

— Ei, Milady, menina!! Você não acha que ela parece com alguém? Eu acho que ela é parecida com uma senhora... — fala agora animada a mulher baixinha, a outra me olha com desinteresse —, você não é filha daquela senhora superalta que vendia seguros? — ela diz estendendo as mãos para o alto e olhando-me nos olhos. Fico surpresa. — É que eu trabalhava com o turco e sua mãe sempre ia até o armazém, cheia de pastas e de sapatos altos, aqueles saltos... — ela bate palmas —, toda elegante — ela se apruma, eu apenas franzo a testa e sorrio, surpresa. — A-há, faz tempo que ela não vem, né?, mas é como vê-la, igualzinha, sim, oh, eu lembro de quando você era pequena — ela diz ternamente, e eu não consigo pensar o que, ou em que momento, responder a ela.

É como vê-la. Sim. Sinto o carinho que ela deixou espalhado por aqui. Não digo que morreu, apenas sim, que faz um tempinho que minha mãe *paña* não vem, minha mãe que chegou com o Porto Livre. Sou parecida com ela também, mas sem os cabelos ondulados e as meias-calças, sem um cunhado de Tolima gerente do banco que autorizou os empréstimos para construir uma boa parte do centro. Embora alguns vizinhos ainda me deem pêsames pelos meus pais, muita gente não sabe o que aconteceu com eles. No meu terceiro ano de faculdade, meus pais deixaram a ilha, em parte devido à crise que devastou o comércio. O acidente em Bogotá era um boato a princípio, depois se converteu no assunto daqueles mais chegados, até que a novidade passou. Desapareci do mapa, voltei brevemente para a ilha, em silêncio, fugi da simpatia que seria fingida, por essa hipocrisia tão natural que acho que nos caracteriza. Sorri para a vendedora, disse que mandaria seus cumprimentos, e ela me pediu para dizer que eram dela, da vendedora que a conhecia do armazém do turco.

Voltei ao calorão lá de fora e passei pelo prédio do New Point, o único shopping que houve na ilha por um longo tempo antes que se construísse o próximo na esquina da mesquita. Meus pais não chegaram a conhecer o calçadão, nunca andaram por aqui fazendo seguros para moradores e empresas. Da sua passagem pela ilha, só eu é que restei, com essa testa suada e o cabelo solto, e na mala um caderno e muitas fotocópias com os quais pretendo resolver uma dívida moral com este lugar, e com os quais pretendo também que alguém me pague pelos meus infortúnios. A luta raizal, penso, a luta pela terra. Será que Torquel Bowie disse que é raizal? Se não era batista, não falava crioulo e não vinha da África, o que venho sendo eu? Uma dos ingredientes de uma receita? Um mexido?

Chego a uma cadeira de plástico em frente à cadeia de lanchonetes, escrevo notas enquanto descanso. Talvez especular seja inútil e minha condição permanente seja pura má sorte. As certezas são apenas ilusões, ilusões intrigantes. No meu caso, existem fatos e dados que precisam me levar além de Arnat e James Bowie, antes da época de Torquel, antes de os negros andarem pela América entre canaviais. Talvez a mão fantasmagórica de um ancestral possa manipular minhas veias, programar novamente o sangue, abrir um caminho para os meus passos.

# VIII. Os cristais do sal

As pombas lutam pelas migalhas de *fast food* da mesa ao lado, batatas fritas, a carne que restou no osso da galinha, sobras para as invasoras. Não sei quando chegaram à ilha tantas pombas. Elas se bicam entre si, uma preta e depenada se impõe, levando um pedaço grande para o chão. Há um turista mais velho sozinho numa das mesas, observa a rapina com a mesma perplexidade que eu, virando-se de vez em quando para ver se de fato ninguém fará nada para deter as garras dos parasitas em cima da mesa. Uma funcionária desanimada aparece para recolher os descartáveis, depois que terminaram. Vai embora sem limpar a mesa. Chegam mais clientes. Eu me distraio olhando para a praia, de onde vem um cheiro de maconha.

O North End não existia na época de nenhum dos meus avós. Eu me perco olhando para a praia, para as meninas que tiram fotos de biquíni e lavam o bronzeador no mar, e então ouço Baruq!, um grito que me situa dentro da migração sírio-libanesa do meu pai.

— *Alright!* — respondo, é Livingston! Vem do New Point, deve ter ouvido meu sobrenome da boca de Juleen.

— *Hey, how things, how things?* — E ele aperta minha mão para o cumprimento que já me sai naturalmente, com uma puxadinha nos dedos e uma batida no punho. — E então, Baruq, como está indo a viagem? Eu estava pensando em você agora e bam, você apareceu, como foi com Rudy, no dia da excursão pelo território? — ele pergunta.

— Foi bom! — exclamo, estou surpresa que ele soubesse daquele dia. — Ah, fazia muito tempo que eu não ia para lá, isso me ajudou a me reconectar, estou ouvindo *duppies* e tudo mais...

— Ah, *wuooy!*, deve ser essa ilha que deixa todo mundo louco, *parce*, você já está vendo fantasmas — ele exclama coçando a cabeça. — Ei, e o que você está fazendo por aqui na fortaleza Montero? Agora mesmo eu estava falando com Juleen, você sabe que ultimamente está complicado sair de Barker's Hill, *yo don't knwo!* — ele exclama em crioulo.

— Não, não sei — respondo rápido —, o que há de errado? A fortaleza Montero? Que engraçado — repito, gosto da intimidade com que ele fala comigo, embora não tivéssemos nos encontrado de novo desde o *rondón*. É evidente que Rudy contou a ele detalhes da minha "crise espiritual".

Com fortaleza, Nard quer se referir ao fato de que em algum momento a zona passou a ser de uma única família de continentais mestiços e naturalizados. Foi depois do incêndio da Intendência que, de repente, apareceram esses prédios sob domínio familiar. Então o manguezal foi aterrado com a areia que pegaram da dragagem para o cais internacional.

— Aaaah, você não sabe, ainda não sabe! — ele arqueia as sobrancelhas, mas deixa o olhar fixo em algum lugar no chão. — Toda a rua está bloqueada com fogueiras, pneus e outras coisas, porque faz mais de um mês que não chega água do aqueduto para as pessoas, todo mundo está desesperado, Juleen certamente está ocupada com tudo isso...

— A rua bloqueada? E Juleen está lá ou o quê? — interrompo. Nard se distrai girando o chaveiro da moto no dedo indicador.

— Sim, é isso, dizem que o governador vai até lá para negociar com os manifestantes, e você, o que está fazendo aqui? Eu vou pra lá, vamos?

Com uma aparência assim tão turística, acho que não é uma boa ideia ir a um bloqueio devido à falta de água, mas vou andando ao lado do cara alto, com sua camisa de mosaicos, que sorri mostrando dentes como pérolas gigantes. De repente, parece-me que todos na ilha são ativistas, que todo mundo está lutando por alguma coisa. Quando o governo não está bem, o dinheiro não circula. E eu? Eu vivo de uma conta bancária movimentada de longe, mas não tenho outro lugar para estar. Também nunca me senti mais feliz por estar aqui, apenas por estar, isso me satisfaz. Penso nisso e imediatamente sinto um cheiro de merda.

— Que cheiro é esse? — digo e aponto para a boca circular do esgoto, do qual sai uma nata espessa marrom-esverdeada. Sinto um leve enjoo, Nard deixa escapar um *hee hee hee!*, e nega com a cabeça, enquanto passa uma das pernas para o outro lado do banco da RX 200 laranja.

— Ai, ai, *miss* Baruq, não se lembra que isso sempre foi assim? Este é o cheiro da alta temporada — diz e liga a ignição, fazendo a moto rugir. Eu subo ajeitando a saia do vestido entre as pernas.

— Isso é muito poético, o cheiro da alta temporada — repito com veemência.

— Não sei se é poético ou não... — Maynard está dizendo, olhando para trás para virar à esquerda e passar em frente a vários hotéis Montero, prédios de apartamentos para turistas.

— Claro, poético, as intimidades do turismo, olhe lá — indico enrugando a boca —, há as bebedeiras, a ressaca, a bebida barata... — O charco espesso cobre toda a esquina, até as calçadas, um homem gordo e vermelho como um camarão está saindo da praia com o boné verde de um time de futebol e os chinelos na mão.

— E agora, como estamos sempre na alta temporada, aqui tudo está constantemente cheio, e os hoteleiros ainda falam toda hora na famosa "afetação de destino"! — diz, aumentando a voz para que eu possa ouvi-lo acima do barulho do motor. Eu me aproximo do pescoço dele e sinto fascínio por esse cabelo, que é composto de curiosos sulcos pretos e minúsculos.

Passamos pela estátua da barracuda e um grupo de senhoras de saia longa se reúne ao redor do peixe como num círculo de oração.

— E isso aí, o que é, amigo? Aquelas pessoas ali — pergunto, intrigada, quando entramos na avenida Newball.

— Ah, são pessoas protestando porque colocaram a barracuda de volta, são adventistas e batistas, dizem que é um símbolo do diabo e não sei que mais... — diz sarcasticamente —, a comunidade queria pôr ali a estátua de algum símbolo nativo, eles tinham dito que sim, mas semanas atrás puseram a barracuda de volta. A estátua é um símbolo de Simón González, "*pañamán, yo hear!*" — diz Nard.

Anos atrás, alguns turistas bêbados subiram na barracuda depois de arrancar os dentes que lhe restavam e o trambolho caiu. Então queriam aproveitar para substituir esse símbolo da visão das ilhas do ex-prefeito e ex-governador Simón González, um poeta de Medellín relacionado ao nadaísmo, por um símbolo nativo. Imagino um personagem como Livingston, como Francis Newball, o da Intendência Nacional de 1912. Os comerciantes *paisas* se juntaram e coletaram o material da nova estátua e, apesar de terem prometido não restaurá-la, aparentemente foi a primeira coisa que aconteceu quando começou o governo do turco. É uma coincidência que eles digam isso ao seu grupo de amigos, o grupo barracuda, pela voracidade na contratação pública, de acordo com Nard.

— Pensei que as pessoas amavam Simón González, *buai*.
— Uuuh! Essa história é longa, *hey, how things!?* — cumprimenta uma jovem com tranças curtas que buzina numa moto ao lado dele. — É que muitas pessoas lembram daquele congresso de bruxaria que ele fez em Providencia, por isso o pessoal das igrejas anda meio que desfazendo feitiçarias.

Passamos agora pelo novo prédio da polícia, que não teve sucesso em enfrentar a recente onda de criminalidade. Acabaram de construir esse elefante branco detestável de cabines e escritórios que quebra totalmente a harmonia da avenida, num dos prédios com a melhor vista dos recifes de coral. Nard e nós lamentamos, como se lamenta por quase tudo que acontece por aqui. Sempre mais polícia, sempre no estilo do continente. Quase na frente de semáforo do Coral Palace, a sede do governo, uma figura caricata me chama a atenção.

— Que diabos é essa estátua? — em frente à agência de circulação e residência occre há uma estátua de bronze, um homem de proporções enormes sorri bonachão sob os óculos grossos e levanta o polegar da mão esquerda para os transeuntes, como dizendo "tudo bem". Devem tê-la colocado ali essa semana, é a primeira vez que a vejo. Nard fica ainda mais chateado e estala a boca.

— Eu ia te mostrar isso. — Paramos no semáforo vermelho diante da sede do governo. — Este supostamente é Newball, essa imagem foi ideia do governo anterior, mas ninguém conseguiu me explicar, *parce*, quem teve a ideia de representá-lo assim, e essa coisa custou rios de dinheiro! Desse governo, são outros parecidos com os dos anos 90, mais que um vai acabar na prisão por essas besteiras — Nard afirma apontando o Palácio dos Corais.

Viramos à direita antes de passar pelo píer que fica no final dessa rodovia, pegamos a avenida 20 de Julio, por onde os colégios desfilaram no Dia da Independência e no Sete de Agosto. Eu desfilava aqui, lembrei-me, com um triângulo, pratos ou um xilofone, os homens com tambores e bumbos, tocando aquele ritmo em que todos nós na ilha, sem importar a origem, a cor ou a religião, pelo menos um dia nos movemos no mesmo tom e na mesma direção.

Acho que agora, enquanto esperamos o sinal verde do próximo semáforo em frente ao novo cartório, eu entendo alguma coisa sobre esse dia. Ninguém realmente se importava com Bolívar e sua campanha, nem com as três cores do estandarte, nem com nada disso. Era o *beat*. Adventistas e árabes, até alguns muçulmanos, poloneses, suecos, austríacos; ou *paisas*, costeiros e *cachacos*, todo mundo sofria ou se divertia todos os anos no 20 de Julho, com a intensidade do mesmo sol e o alívio da chuva que sempre caía. Escutavam-se os tambores e a gente marchava:

> *Direita para a frente, direita para trás,*
> *Marchar,*
> *Um passo à frente e de novo,*
> *Direita para a frente, direita para trás,*
> *Marchar,*
> *Um passo à frente e de novo...*

O passinho era pegajoso, o bumbo retumbava, bum, bum, bum, ta tan, bum, bum, bum, por toda a avenida principal, até a grama do estádio de beisebol Wellingworth May, em frente ao aeroporto. A gente mexia os quadris e a cintura, os joelhos avançavam e os pés e até o pescoço se balançavam. Nós, mulheres, nos penteávamos no melhor estilo pessoal, embora enfiadas numa jardineira de sarja na altura do joelho, como freiras do início do século XX. O dia era como uma longa batucada, mas com uma roupa muito desconfortável. O show era feito pelos meninos e meninas com as balizas, os bastões no ar e depois entre as pernas, e as superestrelas dos colégios nativos que todos nós queríamos ver até faziam passos de *break dance* e tinham seu momento de glória. Naquele dia, todo mundo tinha que dançar. Só agora entendo a raiva que Juleen me disse que sentiu quando, em 2012, o presidente da Colômbia suspendeu o desfile dos colégios substituindo-o por um desfile exclusivamente militar. Não é que os militares não desfilem todo ano. De fato, todo ano sai um veterano que estava na Guerra da Coreia, mas eu, como meninota que saía para desfilar, não me lembro de vê-los mais do que dispersos no final do percurso, quando muitos grupos escolares ficavam na praia tocando e dançando.

Tomando o caminho para a colina, sinto o cheiro típico do *pan bon*[12] recém-assado, que sai do forno às seis da tarde na padaria, puro leite de coco. Subimos pela lateral do colégio bolivariano e ao lado fica o Cliff, o bairro no qual dizem que às vezes não entra nem a polícia. Circunstâncias, imigrantes. Somos ultrapassados por um caminhão do batalhão dos fuzileiros navais do Cove. Vi muitos deles, sobem e descem com os soldadinhos a pé que sabe-se lá de onde vêm e que olham para cada mulher como se nunca tivessem visto uma. A essa hora, devem estar liberando os soldados dos postos de controle em torno da ilha, ou talvez se dirigindo para os arredores do bloqueio.

Cerca de dois quilômetros adiante, paramos e descemos da moto. Um tumulto já está se formando em torno da figura do governador, um sujeito de Barranquilla careca e barrigudo, também com sobrenome sírio-libanês. Meu estômago revira só de vê-lo. Uma mulher de salto alto e com roupas justas fala energicamente com ele.

— Não, essa situação não é culpa sua — diz e aponta para trás —, mas é sua responsabilidade consertá-la, como é possível que passemos três meses sem água? — na verdade, ela grita: — Temos que ir aos poços com baldes, todos os dias — ela continua e eu fico ouvindo, Nard foi procurar Juleen do outro lado do grupo —, mas, enquanto isso, o centro tem água todos os dias!

---

12 Pão doce da área do Caribe. O *pan bon* deriva do *bun*, um tipo de bolo inglês caracterizado por sua cor escura, graças ao acréscimo de gengibre. (N. T.)

Há mulheres mais velhas despenteadas, outras com rolinhos, há meninos em idade colegial, descalços, uma mulher com uniforme de enfermagem, um par de policiais. Ali estão Juleen e Sami, eu ando entre as pessoas. Alguns meninos estão sentados em caixotes debaixo de uma árvore, bebendo cerveja. Atrás deles, a panela de *rondón*. "Vamos procurar uma solução com a empresa de aquedutos, mas é que seu contrato não inclui a expansão das redes de aquedutos e não há água nos poços nativos...", diz o governador. Cumprimento Juleen, que me abraça, a Sami eu saúdo com a mão e um beijo na bochecha. Dizem que o governo não pode levantar o bloqueio, os raizais querem continuar até que se comprometam a trazer uma usina de dessalinização.

— O problema é que esse bloqueio só afeta a nós mesmos — diz Juleen, enquanto as motos dos moradores do bairro tentam passar por uma pequena abertura entre a sucata, os pneus e todo o resto que está espalhado aqui no meio da rua.

— *Yeeh*, deveria ser no centro — Sami diz e cruza os braços, pondo uma mão no queixo.

Continuo assistindo, um pouco afastada. As crianças esquálidas me deixam um tanto comovida, e as morenas com seus shorts e minissaias, e seus bebês de colo.

— Três meses sem água, Juleen? Como diabos eles fazem?

— Bem, eu tenho que comprar o carro-tanque e mandá-lo para a minha casa, mas ultimamente me dizem que não vêm porque estão abastecendo os hotéis — ela franze a boca —, como se eu não soubesse que a água está sendo retirada aqui de Orange Hill — e ela aponta em direção ao caminho que desce até Loma Naranja. — Ah — sussurra —, olhe quem está chegando.

Pensei que era Nard, mas é Jaime. O *cachaco* para, cumprimenta os caras dos caixotes com o mesmo toque de dedos. Sorri e olha na nossa direção. Está com jeans claros, camiseta branca com gola em V e os óculos de coruja. Ele nos cumprimenta com um beijo e a Sami com o mesmo ritual, adicionando um *quiubo, parce*. Escutamos mais um tempo o discurso de dois jovens altos vestidos com calças jeans e camiseta polo, que dizem "queremos uma usina dessalinizadora, como o North End tem". O governador permanece inexpressivo. Um sujeito pálido com entradas pronunciadas sussurra algo no seu ouvido, o governador se vira e eu o observo com atenção. Ele tem a aparência dos árabes, sem dúvida, com olheiras muito profundas, a careca brilhante e uma barriga que me faz temer por sua estabilidade, parece prestes a cair de boca a qualquer momento. Governa para os comerciantes. Na semana passada houve uma redução do imposto sobre bebidas, como se a própria salvação tivesse chegado, como se aqui todo mundo já não estivesse intoxicado o suficiente.

— O que você fez, como tem passado? — Jaime pergunta em voz baixa. — O que acha do seu governador? — diz brincando, mas isso me ofende.

— Meu governador? Eu não votei nele.

— Eu sim, que lástima — responde Juleen.

— E eu, *mi mad man, laard!* — vocifera Sami e levanta uma mão por cima da cabeça raspada, parece um jogador de basquete prestes a lançar a bola —, vamos ver como o turco se sai.

— Vocês? Sério? — Jaime pergunta, arregalando os olhos.

— Se ele ganhou também foi pelo voto raizal, a mulher dele é raizal — Sami observa. Eu pensava que eles não eram uma força eleitoral, mas aparentemente podem fazer a diferença.

— E saber que eles já se separaram... — comenta minha amiga, franzindo os lábios. Eu dou uma risadinha. Clássico.

— Então, o que acontece aqui, agora? — pergunto olhando ao redor. — E onde está Nard?

— Nada, filhinha, ficamos aqui, a moto de Nard está parada aí, mas esse sempre chega e vai embora de repente... — diz Juleen.

— Bem, seus amigos já vão preparar o *rondón*, pelo que vejo — digo olhando para Jaime, e aponto para a panela gigante ao lado dos rapazes.

— Meus amigos, é claro — ele me olha todo sedutor. Não é feio esse tal Jaime, com aquela grande tatuagem que desponta pela manga do braço esquerdo.

— Calminha, que daqui a pouco temos a picape, hoje é sexta-feira! — Juleen declara numa mudança repentina de ânimo. — E você, como está? Já se mediu?

Só agora me dou conta. Pego o monitor e Jaime me olha com curiosidade. Sami faz o mesmo.

— É um monitor de glicose — eu o passo pelo sensor que instalei hoje no outro braço —, 110, está perfeito — e o guardo.

— Nunca tinha visto isso — diz Jaime.

— Nem eu — confirma Sami. — É para medir o açúcar? Minha tia vive picando os dedos.

O sensor é um alívio, eu digo, facilita as coisas, se eu não tivesse esse aparelho faria exatamente isto, picar-me toda hora.

À minha direita e em direção ao centro, o governador entra numa caminhonete com o rapaz e uma senhora nativa muito alta que o acompanhou o tempo todo. Atrás de nós, um amplificador enorme começa a tocar. Parece um tanto inesperado, é um calipso próprio, reconheci o ritmo. "O que diz, Juleen, essa música?"

*Hold on,*
*Hold on, children,*
*No matter what the system,*
*Hold on,*
*No matter what the system.*
*Dem only come around when they running dem big campaing...*

É uma voz de resistência, um calipso resistente, de um grupo chamado Creole, me diz Sami. Os políticos só vêm quando estão em campanha, canta a música, como quando pavimentam avidamente as estradas para os bairros e dão dinheiro e rum barato para as pessoas. Por alguma razão, meu peito infla e eu me arrepio, olhando para os rapazes que montaram o caldeirão sobre a pilha de blocos, e para duas garotas ralando coco. É verdade, Jaime e eu somos os mais claros e os europeus são muito bonitos, mas algo me liga aos olhares dessas pessoas, a esses pátios de chão de terra, percorridos pela galinha e seus franguinhos, por vários vira-latas miseráveis de ninguém e de todos e alguns gatos magros. Escuto o barulho de vários motores, mais pessoas chegam, algumas movem os elementos da barricada, alguns passam e outros ficam. Sami faz seu cumprimento especial para vários jovens vestidos socialmente, eles dizem coisas em crioulo que não consigo entender. Vêm do trabalho para suas casas. "Ei, fiquem!" Eles vão se trocar e já voltam, Juleen diz. Não é apenas um bloqueio, há uma festa. As cadeiras de plástico inundam os limites da rua e eu olho divertida para o *cachaco*, para quem tudo isso deve parecer ainda mais estranho do que para mim. Ou não. Afinal, ele é um morador do Barrack. Juleen e Sami estão conversando em crioulo, ele a abraça e a beija. *I'm a rebel, soul rebel!*, uma voz feminina soa do amplificador gigante, um reggae que reconheço sai suavemente de dentro de mim, da minha cintura. Fecho os olhos por um momento. Acho que Jaime está me observando. Acho que vários outros estão olhando para mim. Eu lembro que dançava, que eu danço, que quando eu aprendi a dançar foi aquela batida, como meus conterrâneos. Juleen aplaude aos risos e diz para eu me lembrar da escola, sim, a escola, o frenesi dos amassos nas minitecas totalmente às escuras, com o ar-condicionado a 17 graus.

— Então você é mesmo uma islenha — diz Jaime.

Me enternece que o rapaz pense que está me provocando. Eu rio, rio dele. Uma mulher cor de cacau se aproxima e o cumprimenta no ouvido, ele se afasta e lhe diz algo, eu não escuto. Eu me balanço ao lado de Juleen e Sami, ouvindo o reggae suave. A menina desliza a mão pelo braço da tatuagem e pega a mão de Jaime. É bonita, com olhos grandes, longas tranças loiras, está usando um vestido preto curto e justo, delineando seu corpo esbelto. As maçãs do rosto são pronunciadas e o queixo é pequeno, parece uma boneca, maquiada com muito blush. De repente, Jaime me parece mais atraente, eu sei como é isso. O menino ri um pouco nervoso e olha para mim. *I'm a capturer, soul adventuror*. Escuto as sílabas que vão se ajustando em mim, a aventureira do bairro ao lado, num mundo paralelo.

— Quer fumar? — Sami me pergunta. — Tenho aqui a jamaicana que você gosta...

— Já volto — avisa Jaime, e se afasta, suponho que ele sairá com a mulher que acabou de se retirar.

— Sim, vamos nessa — respondo, olhando para cima para encontrar o olhar travesso de Sami, alto como um poste, que ri e diz *yeah, man!*

O sol está se pondo lentamente e eu começo a ver as estrelas aparecerem entre as folhas das palmeiras. A paisagem da plantação. Estou, de acordo com o mapa que encontrei hoje com a toponímia nativa, em pleno Barrack. Para mim, este era o bairro onde os nativos se pegavam com facões, como meus pais diziam. Estou olhando a leste do cavalo-marítimo, em direção a Pomare's Hill, onde a ilha em algum momento já teve a maior concentração populacional. Nós nos afastamos da multidão e vamos para um pátio calmo. Por esses terraços, nas dezenas de olhares com os quais vou me encontrando, assomam ainda aqueles homens, suas mães e suas mulheres. As portas ainda estão abertas a essa hora, como na época que todo mundo relembra com nostalgia.

Aqui se cultivavam as laranjas que eram exportadas; os capitães, orgulhosos e reputados, levavam-nas para Colombo nas suas escunas. Certamente eles não andaram muito por aqui, entre os homens e mulheres do *bush*, com aqueles pés grossos e calejados do tronco da palmeira, com as mãos machucadas de carregar peso, ou perfuradas pelo "ouro branco", o algodão valioso de San Andrés. Um par de olhos dá fim a uma família inteira, um gesto molda uma árvore inteira. Sami me diz para pararmos por aqui. Juleen olha para todos os lados, dá alguns passos e pega uma manga. Essas tranças dela são muito melhores do que o alisante que ela passava quando íamos ao colégio. Penso nisso e a comparo, aquela garota quase muda que eu conhecia, a mais escura da sala, com essa garota magra deslumbrante que fala alto em todos os idiomas. Mudou desde que foi para Grand Cayman, diz ela, "estou me descolonizando, amiga, pouco a pouco". "Pouco a pouco", eu repito: "e eu também". Sami oferece a Juleen o cigarro, ela estala os dentes e inspira, e o cheiro de grama fresca e terra úmida é liberado numa nuvem de fumaça branca. Ao longe, ouço Damian Marley, "El General", outra música antiga, *Some gials in the twinkling of an eye, dem are ready fi come pull down mi Karl Kani*. A letra diz que algumas meninas, com um piscar de olhos, estão prontas para arrancar a camisa dele. Inspiro, e se ouve um *crac* de uma semente da erva que queima e explode.

Não considerei que fosse perigoso estar aqui. Meu pai morreria de novo se me visse agora, mas eu estou nesta ilha e toda a ilha é minha casa. Dou mais uma tragada e é a vez de Sami, que recebe o cigarro com uma mão grossa, com linhas vermelhas profundas. "Esses lugares são perigosos", é o que sempre ouvi. Mas é que toda a ilha é minha mãe, digo a mim mesma, saí do mar e aqui tenho que me levantar, na areia de milhões de anos e pelo sangue de todos os meus mortos. Os filhos desse casal seriam heróis da resistência, penso, vendo-os crescidos e fortes, e me pergunto se é resistir ou fluir o que estou fazendo aqui, enquanto ando a poucos passos de tudo o que me antecede. Começo a entrar na onda. Agora apenas sorrio e não me importo com os mosquitos ou o pequeno *sandfly* que pica com mais força. O cheiro suave de frutas podres me parece simplesmente sublime. Olho para o céu. A lua cheia de novembro ainda não chegou, mas a crescente ilumina nuvens violeta que cobrem os pontos do "v" de Tauro no céu, das coisas infinitas na minha linha do tempo.

"Mais?", Juleen me tira da distração. Mais. Dou mais uma tragada, profunda, e sooolto o sopro do *healing tree*. Estou levitando enquanto sigo Juleen, que me puxa novamente pelas mãos entre as casas sustentadas por pilares, de volta ao tumulto, de volta às janelas de madeira pelas quais se assomam tantas histórias, tão válidas quanto a oficial. Eu os olho e eles olham para mim, sinto meus olhos brincalhões, pesados e leves ao mesmo tempo. Devem estar vermelhos e com o verde alvoroçado. Juleen bate palmas outra vez e solta uma risada sedutora, ouvimos o coro de uma voz masculina, um tom que canta com um ritmo *slow*. Um homem alto e encorpado me olha diretamente nos olhos, eu apenas sorrio, independentemente do conteúdo da música.

— Aí estão vocês! — Jaime diz às nossas costas.

Chegamos novamente ao terraço do lado da rua, o *rondón* ainda em produção, algumas mulheres preparam os *dumplings* com farinha branca, mas algo já está fervendo numa panela na qual eu poderia caber inteira. Eu rio. Jaime olha nos meus olhos, me traz uma Miller.

— Você gosta de Miller, né? É o que tem — diz ele.

— Obrigada.

Ele a abre e passa mais duas para Juleen, com Sami que lhe abraça pelas costas, com a cabeça apoiada na sua.

— Quase não encontro, esse bloqueio está atrapalhando — ele ri.

— Só para você! — Sami aponta para a frente, para o outro lado da rua, franzindo a boca: ali há uma grande geladeira cheia de cervejas, debaixo de um cajazeiro e ao lado de um sofá vermelho e uma cadeira velha de escritório meio caída que agora compõem uma sala na via pública.

— Droga! Bem, isso acontece comigo por ser *paña* — o *cachaco* zomba, eu zombo de sua situação identitária e sem pensar muito coloco minha mão no braço da tatuagem. Juleen me lança um olhar. *Me deh so high.*

— Vocês fumaram? — Jaime pergunta, olhando para nós três alternadamente, as maçãs do rosto rosadas se erguem, junto com as sobrancelhas.

— *Yes sa'*, você perdeu — Juleen canta para ele.

— Não me esperaram, eu estava procurando as cervejas...

— Você estava meio ocupado — Sami diz com um tapinha nas costas —, eu te entendo, *buai*.

— Ah, ela é minha vizinha, estava sem as chaves do portão outra vez, mas levei mais tempo procurando a cerveja — ele lamenta e toma um gole.

— Sim, eu também tinha uma vizinha... Vamos, *bro* — diz Sami rindo e levando-o para o mato.

— *So, yo guain tell me the seshan!* — Juleen diz altivamente.

— *No seshan at all!* — digo-lhe e mostro a palma da minha mão direita, movendo o pescoço —, não vou falar nada, não está acontecendo nada! — eu digo e dou de ombros. Ela me chama de atrevida. Ela queria saber do alemão, que já deve estar com outra em Cartagena.

Os cristais do sal 141

— Ah, sim, nada... eu sei muito bem... — Começa a tocar um *dancehall* que nos detém bruscamente.

— *Wat is dis?* Isso que está tocando? — pergunto confusa, ao reconhecer nas letras o crioulo da ilha.

— Você não os conhece? São aqueles que estão vindo ali — aponta minha amiga enquanto sacode as tranças e abaixa o quadril, parando meio agachada.

Vejo dois caras altos, a' pele de ébano brilhante, costas largas e barba espessa, eles brincam que sua música acabou de começar e caminham dançando suavemente, os outros começam a cercá-los e então eles somem por um momento. *Hety and Zambo, gial, yo no knwo dem?* Então, existem muitas pessoas que eu não conheço, inexplicavelmente para muitos, e isso não é de agora, mas desde sempre.

Já no colégio eu conhecia menos pessoas do que a média. Há alguns islenhos, suponho, que dificilmente associam nomes com rostos, que acham ainda mais difícil associar essa informação com a fisionomia de alguém a quem todo mundo parece conhecer intimamente. Eu não sei quem é quem, podem pronunciar o nome e o sobrenome assim um atrás do outro, como se fosse inteligível para mim, mas não. Ainda não tenho acesso à noosfera, rio no íntimo, ao banco de informações onde estão as ideias de todos e de tudo. É assim que todos voltamos do exílio, é claro, desajustados. Talvez seja porque eu nunca soube das piadinhas, eu não sei quem é ninguém e agora ninguém sabe quem eu sou, embora, se eu continuar assim, imagino que não demore muito até me tornar outra parte integrante da paisagem da ilha, uma *habituée* em qualquer lugar, uma figura pública com informação disponível na memória popular. *No weakness, no weakness*, me interrompe o refrão pegajoso dessa música que faz você querer se balançar toda. Os artistas chegaram aonde queriam, estão falando com aqueles que haviam acendido a fogueira, vão ficar mais um pouco, diz Juleen.

Tudo no ser desses homens e mulheres, desde seus olhos até as ideias, os cabelos, cada músculo, parecem extraídos de uma matéria mais rija. Em alguns pares de olhos percebo uma força de atração, percorrendo as veias depois de ser filtrada através de uma herança de resistência, e também todos têm a sorte de ter acabado embaralhados nesse capricho da geografia. Tenho uma visão imponente de Providencia a partir de uma enseada, mas também a imagem das baías rasas e descobertas do cavalo-marinho, e de algo que aprendi naquela tarde sobre os primeiros habitantes de Henrietta.

Em 1780, tudo estava vazio em comparação com Old Providence, a ilha quase desabitada, fora do alcance estratégico de qualquer império, muito longe, muito plana, aparentemente inóspita. O registro histórico mais próximo da data é o do diário do norte-americano Stephen Kemble, treze anos antes de a Espanha voltar a exercer domínio no arquipélago. Quando o capitão Kemble naufragou na ilha, havia doze famílias e algumas crianças, certamente não muito diferentes de nós, de todos nós, e uma terra virgem sem bandeira me faz pensar numa vida boêmia, em paz, sem regime, e vejo loiras e africanos se deleitando em noites com cheiro de tabaco, rum e frutos do mar, imagino mulheres grávidas, como essas que vejo agora, e as crianças juntas com os pés descalços e sorridentes. Não havia como lutar ou abusar demais; se os navios negreiros não vinham, uma morte, qualquer morte, seria extremamente chocante. Por exemplo, não haveria como separar as mães dos seus filhos. Mas em cada raio de luz também viaja sua sombra, o trovão do egoísmo, a pirâmide da ambição, então vejo castigos, o chicote do desespero e as perversões do isolamento, da força e do poder, sangue por causa das pauladas nas costas, os estupros. Sem liberdade de se mover para ir embora, quão plenas podiam ter sido aquelas noites, cheias da alegria da fuga, primeiro a euforia e depois a resignação dos fugitivos.

O gringo, que veio parar aqui com os feridos de uma batalha, escreveu no seu diário que aquelas doze famílias eram na maioria de jamaicanos que viviam por si mesmos. Ele descreveu um banquete com vinho e rum produzido localmente, em barris do bom cedro que já havia em Henrietta antes que os passos de alguns europeus fossem relatados, com carne e ovos de tartaruga e com o melhor tabaco que ele havia experimentado. Um festim, um banquete libertário. Imagino-o animado, como este *rondón*, com o mesmo cheiro de lenha queimada. O capitão observou especialmente que eles não estavam unidos por nenhuma religião ou autoridade. Tomara que o fato de ter sido súditos apenas dos seus desejos e necessidades, em meio a um Caribe disputado, tenha tornado mais livres, mais felizes, aqueles aventureiros jamaicanos, mesmo que por um instante — e que seus filhos tenham visto essa felicidade —, para os descobridores de um paraíso no meio do tráfico, quando o sequestro era ainda mais rentável e a revolução industrial criava rapidamente a substituição por uma classe diferente de escravos nas fábricas europeias. Mais ou menos isso. Eu os imagino dançando e cantando algum refrão mestiço, ou alguma palavra cheia de significado, um episódio que é um refúgio para lembranças doloridas, o eco de um momento em que alguém teve a vida que desejou como alternativa, alguém, pelo menos. Meus quadris estão se movimentando novamente, como eu sei que os *pañas* e todos se movem quando estão dispostos a satisfazer os caprichos com que transcorrem os dias nesse transe islenho.

O tempo de todos confluiu aqui, neste verão que teria incendiado todas as plantações do mundo colonial, com esse ritmo que tiraria alguém da cadeira da mesma forma em Puerto Limón, na África do Sul ou em Gana. O ritmo é como o fio invisível que nos conecta, é a força que nos levou a essa conjunção improvável que não é compreendida até que a música soe e os universos coincidam, até que um pescoço, uma perna ou um quadril delatam ao espírito que ele habita um veículo de qualquer cor. Fomos construídos assim por uma circunstância histórica, por um devir misterioso que reúne todos nós em volta desse caldeirão, nesse bloqueio, e esse *cachaco* também, e os outros mestiços que conversam, que compartilham a necessidade e o feitiço de San Andrés, que não aceitam, que questionam. Todos, sob a mesma pressão, estamos nesta ilha que chora e dança, e somos mais que pele. Abstraídos no ritmo, penso, somos como o sal que compõe os mares, fervidos no calor de uma história que tem sido tão ácida como o vinagre que cura feridas. Minhas incertezas se desvanecem, sei que nesse ventre enorme somos como cristais de sal, refratários, luminosos, espelhos uns dos outros.

Ao redor, de repente, os casais se instalam no pátio que agora é um bosque de troncos altos que oscilam lentamente. Sam abraça Juleen novamente, ela o recebe e eles se juntam, e arrulham. Agora sei que Jaime me olha, sinto seus olhos, sinto seu desejo mal disfarçado por trás dos óculos redondos de armação preta. Olho para ele de soslaio e ele acaba de se virar para mim com notável sutileza, ele me provoca. Danço sozinha viajando num fio do cacho do nosso cabelo, até minha mão alcançar seu braço de cor creme, seus ombros largos, seu peito enorme. Não quero dizer nada, não quero pensar muito. Uma dança que flui num bloqueio, uma meditação ativa, sou tomada por cócegas quando o rapaz pega minha cintura, da picape saem as notas de "Human nature" de Michael Jackson, mas num reggae vibrante que me lança em direção à tatuagem de águia, minhas mãos se dirigem sozinhas para a parte de trás da sua nuca, como eu me lembro que se dança aqui, e eu me pergunto se é uma situação amigável casual esta de se movimentar assim com alguém. Danço por puro instinto, o garoto também, possivelmente se mexendo assim pela primeira vez, e eu o sinto perto de mim, numa intimidade pública que não tenho vontade de questionar. Mal nos movemos, minhas pernas entre as suas, no brilho tênue dos postes de luz amarela. Estou respirando perto dele, meu nariz no seu pescoço cheira o perfume do coco e do caracol. A música muda e eu me afasto dele, miro nos seus olhos e sorrio como a expert que não sou, me afasto mais, agora toca um *dancehall* e os outros casais extasiados se dividem em dois no escuro.

— *No seshan, no?* — Juleen olha para mim altivamente e aperta os olhos, fazendo uma careta de brincadeira.

— Estou praticando — pisco o olho, dando de ombros.

— Você se saiu muito bem — diz Jaime depois de pigarrear, ocorre-me exigir confiança com um pequeno empurrão.

— Quero uma cerveja, alguém mais? — Preciso andar um pouco, ver outros olhares, reconhecer mais pessoas.

— Eu vou buscar, ou então te acompanho — diz Jaime.

— Mais duas — pede Juleen.

Atravessamos a rua, o continental e eu, e começamos a conversar com um sotaque que nunca deixa de me irritar. Por outro lado, seu quadril se movimenta bem.

— Os bloqueios são uma festa — ele faz uma pausa, um pouco nervoso —, como a que houve na semana passada, quando Carajita ganhou a corrida de cavalos.

— Bem, este é meu primeiro bloqueio, e eu não sei quem é Carajita...

— Mas não é sua primeira picape, né? — ele diz, me provocando. Sim, é.

— Ei, há quinze anos, as picapes não eram assim — minto, ou assim acredito. Jaime ri, por ser tão *cachaco* e ainda assim ter algo a ensinar para uma raizal.

Carajita é a égua favorita nas corridas da Velodia Road, "você não sabia?"; Carajita também está na noosfera. Mais um reggae e com certeza vou desbloquear o acesso, finalmente, eu penso e dou risada. "Piada interna", digo e tomo um gole do que me resta na lata. Vejo bolhas coloridas flutuando pela paisagem, as silhuetas das pessoas, uma profundamente séria e intimidadora, outra alegre ao extremo.

— Eu tenho algo a lhe dizer, sabia? — Jaime me interrompe quando chegamos à geladeira ainda cheia de cervejas.

— *Four, please* — falo com a mulher que me atende —, o quê? O que você tem para me dizer?

— Antes, quero lhe mostrar uma coisa, moro ali em frente, você vem comigo um momento? Vale a pena — ele diz sério e acho que fala sem maldade. Sou claramente mais velha que ele, com seus traços leves e sua voz terna, o barulho da picape eventualmente nos traria de volta ao bloqueio. "Vamos, então", digo, pegando as cervejas.

Subimos por um beco esburacado entre casas pintadas em laranja e verde, e alguns cães saem para cumprimentá-lo. Jaime abre um portão que dá para uma escadaria, mora no segundo andar, em apartamentos adaptado para estudantes, ele me diz. Ali está a bicicleta, de cor magenta, leve. "Nairo", eu digo, e ele ri. Não posso evitar olhar para as suas pernas, para ver se é verdade que ele é um bom ciclista. Entramos no apartamento, "é aqui que mora minha vizinha, aquela que esqueceu as chaves", ele me conta. A atmosfera fica silenciosa, entro numa sala grande, por uma janela aberta assoma um galho de *bread fruit*. Sento-me no pequeno sofá e aproveito a oportunidade para pegar de novo o monitor. A cerveja me manteve praticamente estável, sinto o leve barato da erva.

— Espere um minuto — diz ele andando pelo corredor em direção a um dos quartos.

Ele volta com um livro grosso, de capa branca e azul. Sério que ele vai me mostrar um livro numa hora dessas? Passo uma mão pela testa.

— Um dia eu fui à loja da universidade, Josephine me perguntou de você. — Lembro da voz e da pequena ponte e me estiro de novo. — Terminamos falando sobre seus sobrenomes — faz uma pausa, senta-se numa cadeira de plástico ao lado do sofá. — Um dia eu estava procurando por uma informação neste livro sobre crises e conflitos na América Central e no Caribe ocidental e me lembrei de você — para por um momento e vem para o meu lado, com o livro aberto numa seção marcada com um pequeno post-it vermelho. — Aqui encontrei algo que lhe interessa.

— Não sei se estou em condições de ler, mas vou tentar...

O autor se chama Gerhard Sandner, é um geógrafo nascido na Namíbia, mas de origem e residência alemãs, leio na orelha. A publicação deste livro é da Universidade Nacional, de 2013. Agora localizo as palavras destacadas em verde fosforescente:

> ... Já no final do século XVIII estavam representados os nomes que até hoje continuam sendo os mais importantes, Archbold, Bowie (o fundador chegou por volta de 1789, com vinte escravos, e se casou com uma escrava), Robinson (o fundador era um capitão inglês empobrecido), Newball e Taylor, Forbes e Lever, Brown e Wright...

Silêncio. Jaime me olha com curiosidade. Eu me deixo voltar num flash para o mesmíssimo navio negreiro. Uma mulher, acomodada nua entre centenas de corpos paralelos e trêmulos, o vapor carregado de terror, febre, tontura, uma convidada da festa.

## IX. Iguanas no telhado

Da cama, ouço o teto ranger e me pergunto, de novo, como acabei caindo na toca do coelho branco tropical.

Ruuum, ruuuum! Rum! É como se houvesse um ensopado grosso fervendo lá em cima, a câimbra do *duppy* de algum desses homens e mulheres que me visitaram.

O calor torna tudo difícil, mas não tenho muita vontade de sair de casa, dormi bastante, apesar do insuportável barulho dos prédios dos fundos e dos alarmes. Eles ainda me assustam, sua ativação diária me lembra que San Andrés já não é um povoado, é uma cidade inteira em situação de emergência.

Roberto me ligou de um telefone desconhecido há alguns dias, atendi, e meu tempo à distância foi interrompido. Escutei aquela voz e senti que meu estômago revirava. Eu não a ouvia desde a madrugada em que ele partiu para sua viagem ao Sudeste Asiático, quando se despediu com um beijo, dizendo eu te amo. Canalha.

No dia seguinte, achando estranho ainda não ter tido notícias dele, entrei no seu e-mail esperando encontrar um código de reserva que me deixasse saber que ele havia desembarcado no Narita, e realmente achei. Rastreei seu voo, que já havia chegado a Tóquio. Também descobri que ele não estava indo para o retiro espiritual do qual havia falado durante meses, mas para uma lua de mel com sua antiga amante.

Senti pesar por ele, pela necessidade de qualquer culpado de pedir desculpas através de boas ações. Esteve na sucursal falando por mim, diz que não há notícias significativas, que não houve sinistros e que as renovações foram feitas em ordem. Chamei sua atenção dizendo que tinha sido desnecessário, além de intrometido por perguntar sobre meus assuntos, dadas as circunstâncias. Não, claro que não tenho nada para discutir com ele, disse eu, sobre meu regresso à cidade. Neste momento não há nada que me tire desta ilha, "mas já se passaram quase seis meses, até quando?". Na verdade, foram cinco, e será até quando eu quiser, eu disse, depois de rir um pouco do descaramento das suas reivindicações.

Estou fazendo um diário com minhas descobertas, a foto dos meus tataravós e minha vida é uma rotina que, depois de reclamar porque meu despertador é uma serra elétrica às sete, começa com um banho de mar. Cozinho todos os dias, às vezes até demais para o meu gosto, mas a glicose está mais estável do que nunca e eu posso respirar ar puro o tempo todo. Tem seu preço, mas ainda me parece baixo. Reconheço que às vezes me canso da solidão que existe num mundo cheio de tantas perguntas. Mesmo acrescentando minhas descobertas aos poucos, ainda não entendo as razões subjacentes. Não que eu tenha dito isso a Roberto. Tenho cada vez mais curiosidade, embora a cada resposta se forme um cenário cheio de possibilidades, nada conclusivo. Não importa. Nos interlúdios das minhas regressões houve outros planos, passeios nos arrecifes, *rondones* de pensamento nos quais ninguém pensa em nada e apenas bebemos, aventuras na praia, o gelo europeu que se derrete e se torna mel no Caribe.

A insularidade me fez um favor. Para variar, a comunicação a longa distância chegava instável, embora tenhamos conseguido desligar em bons termos. Não culpo esse homem pelas minhas decisões, foi o que eu disse a ele. Não sem antes agradecer pela minha felicidade, pedi-lhe por favor para não ligar novamente. Agora, ainda mais irritante que o sotaque continental, me parece o tom da voz de alguém com quem aceitei o tédio como estilo de vida durante anos em troca de uma falsa segurança.

Aqui meu tédio é diferente porque permite prazeres que são impensáveis na cidade. É mais frustração do que qualquer outra coisa, devo fazer as pazes com este lugar contraditório, aparentemente vazio. A ilha, a caixa de ressonância, oferece e ao mesmo tempo consome sua energia. Tique-taque. Tique. Taque. O tempo pesa. Um homem se suicidou esta semana, no bairro, cortou a artéria femoral. Ficou sangrando até morrer em questão de minutos, uma empregada o encontrou no dia seguinte, na cama coberta com seu caldo frio. Talvez agora escutemos falar dele, dos seus problemas, mas para quê? Ele era um paciente psiquiátrico do hospital e faz tempo que não há medicamentos também nesse departamento. Até minha ruazinha parece estar de luto, só os operários trabalham, as máquinas ressoam, embora preguiçosamente.

O tempo está mais úmido nos últimos dias, as pessoas dizem que vai chover em algum momento, mas já estamos em plena estação de chuvas e nada que caia seriamente. A temperatura é desesperadora. Na semana passada, houve duas mortes por armas de fogo e os assaltos aos turistas são incontáveis. Muitas vezes me avisaram para não andar sozinha pela Circunvalar, mas duvido que seja pior do que muitos bairros da Cidade do México. Meus conterrâneos, nem todo mundo entende. Como no México, em San Andrés a desigualdade é escandalosa, humilhante.

Depois de viver durante anos em Bogotá, minha impressão do México é que era grosseiro, racista, impenetrável. O que acontece é que eu não estava ciente de que essa é uma realidade que não distingue nacionalidades. No mundo, apenas um punhado de pessoas controla os grandes volumes de capital. A pequena quantidade ao alcance de ladrões de rua é insignificante, às somas que realmente quebram os ciclos de pobreza não se chega por meio de olhares atravessados nem de intimidações primitivas. Há pessoas que têm vantagens, sim, você tem que aprender, aprender e desaprender muitas coisas para competir, para vencer essa tendência de que os de pele mais branca são os mais afortunados. Aqui os meios produtivos pertencem a uma parte especial da população, da qual meus pais participaram por um tempo breve, é uma abundância que foi mudando de fontes, desde a posse da terra, como nos tempos medievais, até a propriedade sobre os meios produtivos: *Monopoly*, o comércio, a hotelaria, as propriedades que geram renda.

Os cargos públicos também geram renda, é claro, além de outros benefícios. Dependem do Coral Palace 80% dos empregados, e parece que todo mundo aqui tem um contrato com o governo, que você deve dar ao governador uma comissão de 30% do valor total, mais ou menos. E, claro, é preciso falar sobre a célula escura das atividades ilícitas, que tanto brinca com a lógica econômica dos indivíduos famintos de longa data. A lavagem de dinheiro, o tráfico de drogas, o assalto aos cofres públicos. Ali está o grosso da conta e lá não chegam os trombadinhas do caminho, por mais que tentem. Eles no final são os mais ferrados, *casualties*, marionetes de uma máfia, como danos colaterais numa guerra de informação: o que você sabe?

Nada, aqueles que viajam em voos de baixo custo vindos do continente fazem um tour de rapinagem e partem no mesmo dia; aqueles que calculam operações para roubar dinheiro das lojas a caminho do banco, eles não sabem de nada. Aqueles que acabarão bloqueando as lojas dos importadores porque moram em pântanos, porque o dinheiro para pavimentar foi roubado em situações sucessivas por pessoas que são conhecidas de todos, também não sabem nada. O dinheiro dos colégios é roubado por pessoas conhecidas, até com endereço registrado na noosfera, agora na esquina roubam analfabetos sem-teto, o que eles sabem sobre os motivos que os levaram a esse desprestígio? O futuro, a visão do lúmpen, tem uma extensão curta. A fome é imediata, a raiva não deixa pensar. O ódio puxa o gatilho. Arriscam pouco aqueles que não têm nada, são esses que estão esperando que se forme a poeira, alguns lamentam porque há vinte anos as brigas eram só com garrafas, de repente com facas, eles choram porque hoje a morte chega mais fácil. O que você sabe? E como você usa. Isso demarca a linha.

Os influentes, esses sabem mais ou menos como é o retorno, onde está o dinheiro, do que o dinheiro necessita e o que deve ser feito para que os outros paguem o custo de canalizá-lo. Às vezes acho que esse caos é um instrumento de todos esses interesses, a justificativa perfeita para mais edifícios horríveis, para mais militares nas ruas, para declarações de emergência e contratações a dedo. Depois desses meses, nada voltará a me parecer casual, tudo o que acontece obedece a uma série de motivos, talvez, até certo ponto, manipuláveis. O que sabemos de tudo isso?

Não cruzo com Rudy ou Nard há semanas, embora nos escrevamos de vez em quando para tentar definir posições em relação ao que aconteceu com os bloqueios pela água, por exemplo. Eles se estenderam para outros bairros, embora não se chegou a bloquear qualquer via principal, ou seja, nenhuma que afetasse o turismo e comércio. Nada acontece ainda nesta área do North End, além do fato de que num bairro popular alguém roubou as chaves de acesso aos registros que direcionam a água para cada setor. Por um momento, esse alguém se tornou um terrorista da mudança climática, ou algo assim. Esse anônimo pode ter deixado o hospital sem água, o aeroporto, a zona hoteleira, em protesto pelas condições dos mais pobres. Certamente não sabia como diabos fazer isso. Não sabem de nada.

As negociações levaram o governo a se comprometer a instalar duas usinas de dessalinização cujo fluxo vá para os bairros nativos, mas quanto vocês acham que as contas de água vão aumentar?, perguntei aos meus amigos em algum momento. Elas serão caras, como as que já chegam hoje, embora pelo menos existirá a ilusão de abrir a torneira e que saia água limpa o tempo todo. Agora, depois de pensar sobre o assunto, digo aos ativistas: é provável que por isso o governo permitisse a continuação dos bloqueios, porque precisava da oportunidade da mídia, uma declaração de emergência para poder combinar rapidamente com um amigo a venda de alguma usina muito mais cara que o necessário. Se acontecer o mesmo que passou com a empresa de incineração de resíduos sólidos e com a de tratamento de águas residuais, então jamais entrará em operação e apodrecerá até que se converta num pedaço de sucata muito caro.

Caso um dia essas máquinas cheguem, que funcionem e que não aconteça o que geralmente acontece — nada —, ainda podemos nos lamentar da dependência, de que o desabastecimento de água é um problema de superexploração, um problema de excesso motivado por um sistema econômico que não distribui seu superávit, mas cujos riscos são assumidos por quem não conhece nada. Ser pobre é caro em qualquer cidade, aqui era habitável. Já não é mais. Você precisa ter dinheiro para pagar o custo de vida mais caro do país, você tem que roubar. Volta e recomeça tudo.

Rudy viajou. Nard e Jaime estão ocupados com suas teses de graduação e suas aulas universitárias. Juleen e Sami estão concentrados no trabalho, vamos ver se minha amiga pode finalmente terminar de arrumar sua pousada. Jaime é um cara intenso, com muitos temas sempre para discutir, lança palavras e palavras e suas conversas são como ir a uma entrevista. Ele é uma companhia melhor que Roberto, pelo menos pela agradável força da novidade e do fascínio que temos por San Andrés. Não tenho visto ninguém ultimamente. Talvez eu tenha evitado todos eles, porque os traços que se desenham no meu mapa mental com cada peça de informação são cada vez mais sombrios.

Às vezes volto a me sentir como a adolescente presa, de costas para o mundo inteiro, minha própria ilha se expandiu, sem dúvida, mas San Andrés volta a ocupar minha cabeça completamente, nada mais existe. Eu tento ter em mente que não, que esse é um pedaço do mundo, que existem outros lugares com menos angústia, mas me lembro imediatamente de que qualquer outra parte tem, mais visível ou não, mais pessoais ou não, seus próprios lamentos. Eu tenho na alma um mapa de cicatrizes, vou levá-lo aonde quer que eu vá. É assim que funciona. Penso no suicida. Quando a música para e a tontura me deixa, me inquieta um mal presságio, uma esperança íntima pelo pior. Que aconteça algo, que algo terrível nos salve, porque mesmo depois da morte estarei levando minhas dúvidas para a outra vida, onde nascemos de novo. Que o fim chegue para nós, que venha a alegre reprodução do egoísmo, é assim que imagino a luz agora, ao modo do Caribe, luz quente, no ocaso de um desastre.

O teto range, como minha cabeça com esses pensamentos. *Rrrrrsh, rrrrsh*. No México, meu delírio era a cidade, aqui, a ilha. Penso no dia que recebi o testamento de Torquel. Com os dias de confinamento, silêncio, despertar, identifiquei que a coisa que faz o teto gemer chega por volta da meia-noite, e às cinco é a última hora da madrugada em que ocorre o barulho desconhecido.

Ontem subi a escada do quartinho de serviço e a levei para o banheiro da suíte. Vesti calças compridas e camisa de mangas longas, como se o lugar já não fosse um forno, e subi pela claraboia aberta em direção ao forro.

Levantei primeiro o cabo da vassoura, como se fosse um estandarte de guerra. Havia muita luz entrando pelas telhas de plástico, todas já caramelizadas, derretidas pelo sol forte. então enfiei a cabeça e vi algumas caixas cobertas por uma espessa camada de poeira, estão se desmanchando ali quem sabe desde quando, nas entranhas da casa, um lugar que me resta ainda conquistar, de tijolos nus, madeiras brutas e temperatura de fundição. É um sótão, na verdade, eu caibo quase de pé na zona média.

Fui para o lado esquerdo primeiro, tomando cuidado para não pisar na madeira. Lembrei que meu pai certa vez deu um passo em falso e caiu, quebrando o teto inteiro bem na área do meu quarto. O calor me fez querer me apressar, gotas de suor me faziam cócegas em todos os lugares. Inclinei-me para passar por uma abertura numa parede de tijolos e fui para aquele lado. Eu tinha a expectativa de não ver nada em particular, de não ver horríveis arranhões na madeira, de não encontrar um objeto suspeito, a trilha de um ninho, mas, acima de tudo, de não me deparar com uma situação estrutural que me levasse a continuar suplicando aos trabalhadores. Vasculhei a seção da esquerda para a direita com os olhos e senti pânico ao ver exatamente o que esperava. Não há sinal de animais, eu relembro agora na minha cabeça enquanto me refugio nos lençóis, *raaasss, troooc*, ainda diz o forro. Lá em cima não há cheiro de rato, ou qualquer coisa que não seja poeira. Limpei o suor das pálpebras e voltei para ter certeza. Não há telhas soltas, nem sequer correntes de ar ou vazamentos de luz além da claraboia. Ninguém poderia entrar pelo forro, como eu também pensei, que aqueles barulhos eram passos e aquele era o barulho de uma família inteira se escondendo do occre no meu forro. Senti um arrepio estando lá, e se for o *duppy*?, um olhar irlandês me cruzou e eu tive a sensação de que minha cabeça ia explodir. Desci atordoada, afogada em suor. Saí para o terraço por um momento para respirar, voltei para pegar a escada, fechei a porta do banheiro e a porta do quarto. Talvez possa ser um iguana? *Craac. Craac, craac*, soa novamente. Eu tento afastá-lo da minha mente, abro a tela do computador.

Recebi um e-mail de Rudy. Eu disse a ele que sabia que, em 1793, o vice-reinado fez um primeiro censo em San Andrés, mas que não foi possível encontrar esse documento. Pelo correio Rudy me cumprimenta, diz que tem novidades e anexa dois arquivos. Abro os documentos antes de continuar lendo.

Ali está a versão digital do censo, um papel amarelo gasto que organiza em itálico as famílias da ilha, começando pela mais numerosa até a menor. Uma sensação de predestinação me percorre, eu leio que entre as 391 pessoas que se registraram estavam *don* Torcuato Bowie, Sarah, "sua esposa", seus quatro filhos, dezesseis escravos e o fazendeiro da terra.

"Sarah", em homenagem à esposa do patriarca Abraão, pronuncio seu nome, eu invoco você.

O censo, treze anos depois do relato do capitão náufrago, não sugere nada sobre sua origem, mas eu a sinto, sei que era africana. Também sinto que, se havia apenas trinta e sete famílias, ninguém deve ter se importado muito com o fato de que o segundo homem mais rico de uma ilha recém-ocupada, sem bandeira ou religião, se casasse, como diz o livro do *cachaco*, com uma das suas escravas. Agora tenho um nome para a avó sobrevivente da travessia transatlântica, com a qual me encontrei em meio à sede do bloqueio do Barrack. Estou aliviada, afasto o computador por um momento, minha cabeça oscila, feliz. Vejo uma rede sendo tecida, vejo os olhos da minha avó a quem não disseram nada. Corrigi um esquecimento devido à História: Sarah, seus filhos nunca mais te esquecerão.

Observo por um tempo as linhas do censo. Existem mais várias Sarahs, provavelmente batizadas assim pela mesma razão que minha antepassada, pela praticidade dos censores diante dos nomes africanos e pela conversão obrigatória ao catolicismo. Também existem sobrenomes franceses que eu nunca vi e que certamente emigraram ou mais tarde se mesclaram até se perder. Quantas histórias mudas não podiam enfim ser contadas se o papel realmente tivesse o poder de atuar como testemunha, quantos espaços em branco existem com cada peça de informação e que sensação indescritível é encontrar outra delas na minha constelação de mortos para o altar, sabendo que uma nova descoberta, um dado anterior a 1793, é praticamente impossível. No ramo da minha antepassada não deve haver mais nomes, não deve haver mais idiomas europeus e registros oficiais.

Torquel com certeza era tremendo por sua condição de batismo, com esse nome norueguês que significa "o caldeirão cerimonial de Thor". Ele deve ter aparecido em San Andrés, acredito, no meio da grande migração de jovens escoceses de meados do século XVIII para o Caribe. A maioria deles foi para a Jamaica, St. Kits ou Antigua. "A diáspora esquecida", como diz o professor escocês-jamaicano Geoff Palmer. Existe até um programa de regresso para os descendentes de escoceses que migraram para o mundo colonial, mas não para os caribenhos de hoje, e sim para americanos, australianos e neozelandeses. Um Torquel Bowie que desembarca numa ilha à qual esses recém-chegados perceberiam como deserta com certeza deve ter feito o que queria, independentemente das convenções do resto do mundo, do resto do Caribe. Deve especialmente ter deixado de se ater às considerações da coroa espanhola sobre a alma "inexistente" dos africanos escravizados, justificativa dada pela igreja para proibir uniões entre "brancos" e "negros", devido à ameaça que isso representava para a estrutura do projeto produtivo da colônia. Só isso já não é razão para esquecê-la, Sarah, minha Sarah.

Quero responder a Rudy agradecendo, mas o próximo documento em anexo me distrai; é completamente diferente.

O Tribunal Internacional de Justiça admitiu dois novos processos na longa disputa pelas águas a leste do arquipélago. O tribunal analisará a seguinte reivindicação de soberania da Nicarágua, a pretensão sobre a plataforma continental estendida. Um enclave, é isso que seremos, encurralados pelo invisível. O petróleo, o petróleo é o único "negro" que existe no Caribe, ilude os famintos, eles acreditam que ele os chama com fúria, que procura sair do seu descanso. A Nicarágua não está interessada em mais nada além disso.

Rudy me envia uma foto que não pôde ser baixada. Espero alguns minutos. Ele está diante do chanceler com a palma da mão aberta, ao fundo uma bandeira colombiana. "Estou em Haia." *What?*, eu grito. Ele não sabe se está de passagem, foi nomeado assessor de assuntos étnicos da Embaixada da Colômbia na Holanda. Temos um representante dos raizais em Haia, ou pelo menos o Estado agora pode dizer isso.

Mas Rudy não é raizal e já posso ver que isso será um drama. Uma manifestação será convocada para protestar contra sua nomeação, aqui eles o acusarão de ser um espião do Estado, e lá eles o acusarão de ser um espião dos raizais. Eles não lhe mostrarão todos os documentos, eles não o convidarão para todas as reuniões. Os advogados franceses que nunca pisaram no Caribe sul-ocidental, juízes chineses, russos e africanos, os funcionários do Senhor Governo — como dizem alguns anciãos indígenas para se referir ao sistema com o qual não se consegue falar nunca — não acolherão sua tese de boa vontade.

Desde o início, aquela elite da diplomacia colombiana onde não existem embaixadores por concurso recebe com asco os convites vindos da África ou desses novos países do Mediterrâneo. Rudy vai coletar evidências com um grupo conectado à ilha, ele me escreve. Voltará em breve. Despede-se e me deixa o link de um artigo acadêmico sobre pesca tradicional, a presença dos primeiros nativos nos baixios e enseadas do arquipélago, há quatrocentos anos. Isso se encaixa perfeitamente. Soberania. O Estado argumentará que fez soberania através de seus cidadãos, essa será a tese de defesa e é isso que seremos nós nativos, agora sim é este nosso território, somos elementos, como dizem os militares, elementos do Estado colombiano, que possui enseadas, baixios e rochas; que a partir daí traça limites, porque o espírito nativo os conhece como seu próprio reflexo. Eu gostaria que houvesse coerência, e a proteção contra a perda de terras fosse um esforço ativo do governo, que houvesse educação e alternativas em relação à venda, que os julgamentos de posse fossem apoiados, que se reconstruísse a verdade depois dos incêndios dos anos 70. É um sonho, um sonho de islenha.

Quando voltar, se voltar, posso apostar que Rudy sempre será visto com suspeita. Será tratado como um agente duplo por causa da sua viagem à Europa, porque o conforto pode seduzir qualquer pessoa, é isso que dirão. Não que eles não fossem recebê-lo como a algum islenho que tenha trabalhado com o estado fora da ilha, mas Rudy será apontado pelo fato de ter nascido na costa, e se ele se der medianamente bem, apenas alguns daqueles que o apoiaram serão contra ele, conforme sua conveniência. Essa é a sorte dos redentores, não há final feliz, apenas o tempo pode reivindicá-los. Imaginei tudo, exceto que Rudy estivesse agora há tantos quilômetros, "é um chamado histórico", me diria.

Agradeço a ele, agora sim, surpresa com minhas descobertas e pelas suas notícias. Espero ler mais sobre Rudy em breve, peço-lhe para não esquecer de que ele me adotou como aprendiz. Eu continuo com as solicitações on-line.

Miss Hazel, boa noite!

Quem escreve é Victoria Baruq, e na biblioteca eles me sugeriram que entrasse em contato com a senhora, a propósito de uma pequena pesquisa que estou fazendo em relação aos sobrenomes Lynton e Bowie, a migração irlandesa e escocesa para as ilhas. A diretora da biblioteca me disse que em sua obra existem alguns personagens baseados nesse fluxo, e eu adoraria que a senhora me orientasse para saber mais detalhes sobre minha genealogia. Agradeço qualquer comentário...

E me despeço, obrigada de novo, sinceramente etc. Eu paro. Devem ser umas três da manhã e o ventilador na parede balança um pouco com uma brisa leve que entrou. Afasto tudo e ajeito o lençol sobre as pernas, que estão quentes por causa do computador. Passo o monitor pelo sensor, a insulina lenta funcionou bem hoje e não tenho quedas de glicose. Estou nesse delicioso estado prestes a cair no sono profundo, quando minhas paranoias se tornarão sonhos, e bam!, um apito soa uma e duas vezes de longe. Agora mais perto. Sinto um cheiro de merda. Ah! Que maldição. É o caminhão vindo esvaziar a fossa séptica. Que sonho ele me espantou? Pergunto-me o que os outros sentem quando esse caminhão chega para coletar a água usada e jogá-la quem sabe onde, alguém consegue dormir, apesar do escândalo do motor, do estrondo fatal do freio, tão memorável que é? Vai durar cerca de meia hora. Volto a acender a luz da mesa de cabeceira, me aproximo do computador e com olhos ressentidos vejo a caixa de entrada, lá está, tudo em letras maiúsculas, a resposta de Miss Hazel Robinson.

OLÁ, VICTORIA. EU NÃO ESTOU NA ILHA NESTE MOMENTO. CONHECI SUA AVÓ E O VELHO LYNTON, NA CASA DO COLÉGIO BOLIVARIANO. POR FAVOR, NÃO ME CHAME DE *MISS*, ISSO ME CHATEIA.

EU TENHO INFORMAÇÕES SOBRE SEU AVÔ, PRINCIPALMENTE LEMBRANÇAS DE SUA LOJA NO GOUGH, E SEU CONCORRENTE JUDEU, RUBINSTEIN, AQUELE QUE CUNHOU A MOEDA. TAMBÉM SOBRE A ASSINATURA DA LEI DE INTENDÊNCIA, DA QUAL SEU AVÔ PARTICIPOU, COMO OUTROS.

EM 21 DE NOVEMBRO, POSSO RECEBÊ-LA NO MEU ENDEREÇO ÀS DEZ DA MANHÃ, SE VOCÊ AINDA ESTIVER NA ILHA E NÃO TIVER NADA PLANEJADO.

ATÉ NOS ENCONTRARMOS, EU LHE ENVIAREI ALGO QUE É DO SEU INTERESSE.

"Não me chame de Miss" me arranca um sorrisinho. Ela mandou um anexo, que eu começo a baixar. Imagino Hazel como me lembro da minha avó e acho que até lhe empresto sua voz, com os erres ingleses, como os de Josephine. O documento foi baixado, eu abro. Deparo-me com os olhos claros, as orelhas grandes e o bigode branco do meu tataravô que ostenta um amplo sorriso. Agora ele está vestido com um terno preto, gravata e camisa de colarinho branco, com a corrente de um relógio de bolso que pende do paletó e, no braço, um iguana comprido deixa cair o rabo até o chão. Um nervoso *crack crack crack*, a saudação no forro tira meu fôlego, *rrrsssh, rrrsh*, meu pescoço está tremendo. Dou um pulo ao sentir um choque elétrico, meus pelos se arrepiam, a luz se apaga e os estabilizadores de voltagem rangem, a foto fica iluminada, o estoicismo do réptil, o olhar cintilante do jamaicano. Do mundo lá fora, o barulho do motor.

## X. O Caribe sul-ocidental

Aqui, desses trinta metros mar adentro, vejo as costas do cavalo-marinho. Parece não haver vivalma ao meu redor. Se não fosse pelo rastro negro, talvez se pudesse imaginar que eu nado nas águas de uma ilha deserta, uma ilha feliz. Tão densa é a fumaça, tão brilhante o entorno, que essas duas coisas que não combinam compõem um prelúdio angustiante, um sinal dos tempos.

Três dias atrás, um grande incêndio começou a arder no lixão. Embora não possa ser apagado, as autoridades dizem que está sob controle. Uma horrível coluna negra se levantou, manchando o céu sem nuvens por quase todo o trajeto de bicicleta pela Circunvalar. O vento noroeste está soprando forte e isso complica o retorno, então pedalei pouco essas semanas. Não quis sair mais que o necessário, há algo perceptível até nos olhares das pessoas e eu não suporto isso. A casa, por outro lado, é um oásis, é minha, seus fantasmas me fascinam.

Hoje não há vento, não sei se isso ajuda o fogo a não continuar se espalhando entre as três colinas de lixo, mas para mim é bom porque pude voltar ao mar. Há algumas semanas, tive uma alergia muito forte e decidi que não voltaria à praia de Spratt Bight, onde desembocam vários esgotos do setor hoteleiro. Eu estava farta de turistas e vendedores oferecendo coco, coquetéis, tendas, tranças, massagens, *jet skis*, passeios, joias e outras tralhas. Estava farta de moradores querendo se intrometer na minha vida. Aqui, por outro lado, sobre a pequena plataforma de concreto da qual pulei, há vários preservativos usados, bolinhas de papel e um absorvente usado. Cheira a mijo de bêbado fervido pelo sol. Há inúmeras latas de cerveja e garrafas rodeadas por pequenos mosquitos, caixas de aguardente, tudo num raio bastante amplo, nos degraus, ao pé dos arbustos. Tive que prender a respiração para não sentir ânsia de vômito. Não quero ser como todo mundo, mas xingo as pessoas. Que se dane, vou embora, pensei. Mas olhei para o mar, puro e imenso, com seus peixinhos coloridos. Já estou aqui, já vim, como posso resistir?

Assim que percebi que o plátano não estava se sacudindo contra a cerca, pulei da cama emocionada por voltar aqui. Passei o sensor pelo braço, me injetei, comi alguma coisa e meia hora depois já estava no quilômetro 10. Vim com urgência. Eu queria ver a fumaça depois de passar a parte de trás da pista de aterrissagem, nesse ponto eu a vejo novamente entre a folhagem seca de amendoeiras e cajazeiras. Eu não ficaria assustada se ouvisse uma explosão de repente e entrássemos numa emergência sanitária. Quando cheguei, tirei o sensor da minha bolsa e medi minha glicose depois de pedalar. Estou com 103, isso é bom. Abri um suco, dez gramas de açúcar. Troquei o top esportivo pelo biquíni esperando que ninguém estivesse olhando, tirei do cesto o *snorkel* e os pés de pato. O outro lado do dia sem vento, onde eu posso pedalar mais rápido, é que estou morrendo de calor. Depois de prender a bicicleta numa palmeira, joguei-me na água sem olhar para os lados, *jump!* Assustei os peixinhos que nadavam perto da superfície. O mar fresco me abraça, nadar, nadar e continuar nadando, buscar refúgio.

Mesmo se não visse o incêndio daqui, para sentir paz teria de ignorar que no caminho de onze quilômetros eu quase fui atropelada por dois caminhões de esgoto, dirigindo-se a essa área da ilha para descarregar, e é muito provável que agora eu esteja literalmente nadando na minha própria merda. Franzo a boca. Não acredito que a contaminação seja pior que no North End, em todo caso. Submerjo por um tempo. Aqui não cheira a gasolina deixada por *jet skis*, não há o barulho da aula de aeróbica do calçadão e não vejo latas ou tampas no fundo, não há óleo bronzeador flutuando entre as algas. O mais importante é que estou sozinha.

Por um momento me esqueço de tudo, meu corpo afunda. Minha mãe teria insistido em tubarões, barracudas, essa área não tem a proteção da barreira de coral e qualquer predador poderia estar rodeando minhas pernas inquietas, diria ela, ainda mais neste penhasco de vinte metros de profundidade. Medo, medo, sempre o medo. Há duas semanas encontraram um jacaré da América Central perdido por aqui. É mais provável ser atacada por uma lancha, no entanto, ou que a queda de um coco me mate como aconteceu com um turista dias atrás, do que sofrer, por exemplo, o ataque de um tubarão como o ponta negra que eu vi fugindo de mim rapidamente há alguns dias na barreira de coral. Eu rio lembrando as advertências da minha mãe, a probabilidade de morrer não é aterradora, mas muito interessante. Aterrorizante é ficar doente a ponto de se tornar inválida, ter que ficar numa cama de hospital um dia após o outro, inconsciente, esperando entre pesadelos enquanto meu corpo é assistido para que se liberte do açúcar de dias, dos medos de anos, dos segredos de todos aqueles que me deram à luz pouco a pouco, uma geração após a outra. Não quero pensar naqueles dias terríveis, na minha estreia diabética, bastante novelesca, desmaiada depois do funeral dos meus pais. Tudo o que me disseram depois que eu saí do hospital, isso sim me assusta, não os tubarões ou as pessoas que têm raiva. Meus pais não sabiam de nada, vou perdendo a vontade de reivindicar deles tantas coisas, de ter me deixado vivendo em absoluta solidão, na ignorância. Na absoluta liberdade. Obrigada.

Preparo-me e respiro fundo, acumulo uma grande quantidade de ar e afasto a borracha do *snorkel*. A superfície está tão quieta que, se eu não me mexer muito, consigo ver o fundo do mar com seus detalhes, viro para baixo e mergulho alguns metros. Em comparação com o Trono ou Little Reef, este lugar é desabitado, mas agora eu vejo algo que leva meus dilemas nas suas asas, movendo-se para o sul, um anjo cinza com pontos brancos, uma arraia-águia. Quero segui-la, lenta e relaxada, a qualquer momento pode disparar e desaparecer como um raio. Vou avançando entre feixes de cores, a água esfria em direção ao fundo arenoso dessa escarpa e, se eu girar 180 graus, o azul-escuro me absorve. Esse ser misterioso, talvez um macho ou uma fêmea jovem de um metro e tanto de largura, muda de rumo indo para a direita, para o oeste. "Transgressora", brinco, poderia chegar à Nicarágua num piscar de olhos, teria que dizer que é de lá, mostrar seu passaporte, ou a condenariam. Um arpoador a condenaria por muito menos, suponho, e isso me dá tristeza. Paro, olho para o seu destino, o oceano sem fim, que está à minha frente. O ar já me empurra de novo para cima, tenho que abandonar esse mundo surreal. Quase fiquei sem respiração e as bolhas disparam, eu me movimento acariciada pela água fria, balançando os quadris com as pernas juntas e abrindo espaço com meus braços, num mergulho ascendente, em espiral. Assimila-me uma paisagem comovedora, silenciosa, um espaço aparentemente privado em que não sou quase nada e sou uma coisa com tudo.

O mar já me conhece, percorri o caminho que me estendeu desde o primeiro dia que voltei ao seu ventre. Eu sacudo a água do nariz e da boca, respiro.

Sinto o calorzinho, o sol continua subindo, minhas pernas se movem ainda mais rápido, já tenho que sair, em breve serão dez horas. Olho em direção à costa, ninguém apareceu ainda, mas daqui a pouco chegarão os turistas do centro de mergulho, os caçadores do insaciável invasor, o peixe-leão, e os voluntários para os mutirões de limpeza submarina. A trilha de fumaça ainda está lá, não se foi, a ilha parece sedenta, suas listras marrons cada vez maiores. Não vejo um único veículo nessa parte da Circunvalar, é uma daquelas situações em que poderia me acontecer qualquer coisa e ninguém jamais descobriria. Contanto que eu soubesse, que estivesse ciente da despedida um instante antes de ir embora, seria o suficiente.

Eu sei, ao mar não se vai sozinha. Os mergulhos, por mais superficiais que sejam, sempre devem ser feitos com companhia, pois quem me tiraria das profundezas se meu tímpano estourasse ou se tivesse uma câimbra? Bah, que me importa, eu voltaria a descer agora mesmo até onde sinta que o peso da água me esmaga e talvez termine afogada, um fim muito mais poético do que sofrer um coma, levar uma vida sem algum dos meus membros ou na cegueira. Minha pele fraca se ressente um pouco, estou nadando de volta às rochas, uma braçada, outra braçada, sentindo o corpo suavizado pela profundidade e a cabeça leve. Alguns minutos mais e eu estarei na frente da escada de pedra, olho através da água para ver se há ouriços pretos, piso com cuidado e emerjo, totalmente refrescada, à vista dos preservativos usados.

San Andrés é assim, quente e sensual, é natural, mas por que tem que ser tão indecente? Por que não podem duas pessoas, ou três, ou sei lá o quê, ter o orgasmo das suas vidas entre os arbustos e à beira-mar, e depois recolher os *fuckin'* preservativos? Eu fico irada. Calço uns chinelos que trouxe e pego a toalha do cesto da bicicleta, procuro o monitor no bolso da mochila e deixo ali a máscara e os pés de pato. Olho para o sensor no meu braço... *fuck!* O sensor não está ali, se soltou, eu o perdi novamente, como aquele que caiu no caminho para a barreira. Eu não trouxe meu glicosímetro, sou uma idiota. Malditas pessoas que não se amam, eu as amaldiçoo mesmo que não tenham nada a ver com isso.

Esses dois descuidos significam um mês picando os dedos. Acho que devia tomar o energético que eu trouxe, comer o bolo de banana que comprei ontem numa *fair table* e me preparar para voltar. Um pouco nervosa, fico de pé num dos degraus da plataforma, o menos imundo, olhando para aquela linha horizontal. Respiro fundo e fecho os olhos por um momento. Meu pulso está acelerado, "a glicose deve estar abaixo de 130 mg/mL e acima de 70, ou posso desmaiar", o credo, o credo novamente. Tudo vai ficar bem, penso, calculo que são cerca de três porções de carboidratos e devo estar um pouco abaixo de 90, então tenho que me injetar umas seis unidades de insulina no abdômen. Se passar disso, minha glicose cairá muito; se eu não injetar o suficiente, subirá como aquela nuvem horrível. Eu mastigo o bolo que já é mais como um purê morno no papel-alumínio, penso em algumas coisas enquanto me apresso, como eu posso ter pensado que essa linha era como uma sucessão infinita de barras? O que pensaria alguém do tempo do meu tataravô sobre aquela nuvem negra, que já começa a ser vista também do norte? Se alguém fosse transportado do passado para este momento, o que sentiria? Às vezes acho que posso experimentar isto, o espanto constante de um recém-chegado, um deslocamento total, de alguém a quem o tempo sequestrou e cuspiu em outro lugar. De que servem as memórias que não são atualizadas? É útil se aferrar ao que não pode mais voltar? E nada pode voltar, então recordar se converte em maldição, como quando anseio pela simplicidade da minha vida sem diabetes. Talvez, se minha memória fosse apagada, eu não me importaria de ter que calcular sempre. Talvez esteja perto de um estado de aceitação, de entrega. Tudo está saturado, como no meu corpo e, com a mudança, umas coisas agonizam e outras vão nascendo. Tenho a obrigação de ser mais consciente, de sempre carregar comigo os comprimidos e o glicosímetro, parar de me sabotar. Dou a última mordida, o mar está como quando se aproxima uma tempestade, plano, um espelho perfeito do céu atravessado pela nuvem de tempestade. Lá vão eles, evaporados, os pratos descartáveis, as sacolas de plástico que dizem "*Thank You*". Ponho a bicicleta na estrada, antes de pedalar me despeço do mar e dou outra olhada ao redor, desejando que nenhum desses preservativos tenha estourado e que essas pessoas não se reproduzam.

Chego à minha ruazinha novamente, recebo uma mensagem de Juleen: não entrei nas redes sociais? Não, eu não quero, sei que nada do que verei será bom, a ilha que posso ver já está me perturbando o suficiente. A caminhonete dos militares bloqueia a entrada da minha casa, me atrapalha. Paro no meio da rua, encharcada de suor, e respondo.

 VB: What's up, Jules?
 JB: O bloqueio no centro, yo deh, mamita? Onde você está?
 VB: Estou entrando em casa, what bloqueio de quê?
 JB: Venha para a 20 de Julio com a Américas...
 VB: Quero terminar de ler o artigo que saiu sobre as licenças de construção, Jules, me diga o que está acontecendo!
 JB: Come now, Victoria gyal! Move the baty!

Ela me manda uma foto, alguns velhos de turbantes bloquearam o cruzamento principal e outro punhado está sentado debaixo de tendas, um velho com um megafone parece gritar.

 VB: Mi foc! Ok, estou indo para lá.

Pode ser bom voltar ao centro, para ver se acontece algo que resolva nosso destino insular. Enquanto guardo a bicicleta no terraço, rapidamente, ouço o portão da frente. Um homem de uniforme azul e óculos muito escuros sorri para mim, eu devolvo o cumprimento e entro em casa para pegar o estojo do glicosímetro. O sensor novo está no closet, tenho dois conjuntos e devo fazer outro pedido antes que seja tarde demais. Dois meses atrás, aconteceu isso; suspenderam o envio de mercadorias do continente para San Andrés por alguns dias, nenhuma empresa estava despachando e tive que ser diabética às antigas por duas semanas antes que a situação causada por um alerta de tráfico de coca se normalizasse. As saídas para o mar terminaram.

Tomo um banho rápido, embora pense que com o bloqueio, se é tão grave como parece, ninguém vai a lugar nenhum. Visto uma calça jeans, tênis branco e uma camiseta em que se estampa *Revolution begins inside*. Escovo os dentes e abro o kit do sensor, monto o aplicador transparente que o contém e o pressiono no meu ombro direito. Sinto a picada da agulhinha, que com o clique sei que foi bem colocada. Passo o monitor para ativar o sensor, doze horas se passarão antes que eu possa prescindir de novo do glicosímetro. Ficarei bem. Limpo as mãos e me pico, dessa vez no dedo anelar; 100 e descendo. Eu me apresso. Injeto-me seis unidades de insulina, tenho que comer alguma coisa, preparo uma batida que vale por quatro porções de carboidratos, tiro um arroz de ontem da geladeira, mastigo rápido e depois pego um saquinho de nozes, frutas, outro energético.

Em pouco tempo, saio de novo para a rua. Há barulho lá na frente, o piloto fala comigo: "Você vai para o centro?", agora sim sorrio, ele pergunta se eu quero carona, é claro, se não for problema. Entro na frente e vejo outros dois homens espiando curiosamente da sala da casa. O homem, um oficial, me diz que está indo por um momento para a base da Força Aérea, ao lado do aeroporto, eu agradeço e digo que onde ele me deixar está bom. Ele fala comigo, tem me observado. Todos observamos.

— Você chegou faz pouco tempo, né? Nunca te vi por aqui — ele diz, com um tom forte, mas amável.

— Sim, eu também não vi vocês — respondo.

— Ah, estamos sempre em movimento, essa é a segunda vez que venho a San Andrés. Da última vez que eu vim, acho que essa casa estava desocupada, de onde você é? — diz o homem, a curiosidade me faz virar para observá-lo melhor. Usa uma barba rente, tem cabelos lisos e penteados de lado, os braços são trabalhados na academia, o peito também. Não usa aliança. Talvez ele ainda ache que os brancos sempre vêm de outros lugares.

Digo-lhe com preguiça que nasci aqui, naquela mesma rua que agora é ocupada pelos seus oficiais, barulhentos sobretudo durante as tardes de videogame e futebol. "E vocês, vêm de quanto em quanto tempo?" Normalmente a cada ano ou menos, eles executam alguma missão aqui e são enviados para outra base. Naquela casa morava uma amiga minha de infância, eu a conheço bem, "é curioso que haja militares na viela!", digo, quando na verdade quero dizer que é insuportável.

— Deve ser, imagino — responde o sujeito com cordialidade —, estamos aqui patrulhando o meridiano 82, o mar que a Nicarágua quer tirar de nós.

O mar que a Colômbia perdeu, uma perda que nunca será reconhecida. Essa é a missão, ele diz com orgulho, proteger o azul da bandeira. Não é uma cor numa bandeira, é a entidade mais importante para... para mim. O povo da ilha não acredita que o mar seja apenas a diferença entre ouro e sangue, amarelo e vermelho. Essa visão é a do continente, a partir da perda territorial "devemos cuidar de arquipélago dos colombianos, aquele que pertence a todos nós", como diz o piloto. Passamos pela cabeceira da pista e sei que em breve terei que descer, mas ele insiste em me levar até a 20 de Julio, são apenas alguns quarteirões, diz ele.

— Imagino que todo esse patrulhamento se deva à presença militar dos nicaraguenses naquela área cinzenta.

— Essa situação é complicada, os nicaraguenses e os hondurenhos pescam ali, exploram demais a reserva da biosfera, não respeitam as proibições — fico contente que ele se refira ao *Seaflower* —, se vemos algo, relatamos imediatamente e os elementos da Marinha devem iniciar um trabalho de interceptação, a partir da base em Albuquerque ou da embarcação mais próxima.

— Estou de férias aqui, longas férias, estou aprendendo sobre muitas coisas até agora e, embora eu leia tudo que encontre sobre a Nicarágua, não vejo uma saída a curto prazo.

O capitão limpa a garganta, me diz para pesquisar sobre o canal interoceânico que os chineses querem construir, aquele que vai danificar o maior lago da América Central. Recentemente um jornalista o entrevistou para saber sua opinião, o artigo deve ser publicado neste fim de semana, ele me diz.

— Eu sei sobre o canal, mas não parece viável, para que outro canal, se eles acabaram de ampliar as eclusas do Canal do Panamá?

Certamente é uma fachada para operações militares, mas também para mineração. O semáforo da rua Cinco Esquinas muda e eu aviso que ele não poderá ir mais adiante, o centro está bloqueado por um grupo de raizais. "Bem, quem é melhor para proteger o que é seu?", estou surpresa com a reação dele, "mas o verdadeiro perigo está lá fora." Agradeço ao Capitão do Ar. "Boa sorte, vizinha!", ele se despede.

Ando em direção ao bloqueio, alguns turistas vão ao meu lado, alguns moradores sobem de moto nas calçadas, as vendedoras das lojas estão inclinadas para fora, com os quadris apoiados numa perna e de braços cruzados. Eu imaginava mais gente. Os manifestantes não chegam a trinta pessoas.

— E então? — encontro Juleen também de braços cruzados assim que levanto a fita amarela de perigo que delimita a ocupação.

— E qual o motivo do bloqueio?

Juleen me cumprimenta com um beijo, está séria, tem uma atitude distanciada em relação aos senhores que gritam no megafone.

— O negócio da água nunca foi resolvido, você sabe, e além disso a organização está pedindo soluções para a crise populacional.

O número de nascimentos por dia não dá mais, o hospital não tem como atendê-los e, ainda por cima, a empresa que o opera anunciou que eles não renovarão o contrato, estão falindo. As mães que podem vão embora, saem para dar à luz lá fora, e então que futuro tem o povo raizal?, Juleen se pergunta em voz alta, não tenho respostas, estou envergonhada. Ninguém nasce em Providencia há muito tempo e aqui lentamente será o mesmo, exceto os ilegais, que não têm escolha a não ser arriscar-se a dar à luz aqui.

Os cristais do sal **169**

— Não queremos mais turistas, não queremos mais! — grita um velhinho magro segurando um megafone, com uma camiseta em que se lê s.o.s.

É preciso pensar em outra maneira de abordar o problema de superlotação, falo a Juleen, não é apenas o turismo e não são só os imigrantes, também é isso, os nascimentos diários transbordantes. Além do mais, há um problema de infraestrutura, de eficiência nos serviços públicos, é hora de distribuir o pouco que há porque o dinheiro para ser eficiente é repartido pelos ratos. Ao meu lado, uma família de turistas com sua estética colorida levanta a fita plástica, alguns argentinos tiram fotos, "não ao turismo predatório", grita o velho. Vários turcos assomam das suas lojas, o bloqueio tirará deles várias vendas no dia, "tirem a Colômbia daqui!, *gimme back mi land!* Exigimos uma solução para a superpopulação agora!", se ouve. Sinto confusão e um pouco de vergonha pelos turistas que passam. Tenho minhas dúvidas. O ressentimento não é o melhor discurso, embora as razões sejam muitas. Não vejo jovens participando, apenas alguns idosos sentam-se sob uma tenda branca montada num canto da rua. Dois jornalistas se aproximam do almirante, que chegou a pé em uniforme cáqui, descendo pela 20 de Julio. Eu mesma não participaria, não nessas condições.

— Aquele homem sempre diz a mesma coisa, você quer o megafone? — Juleen me desafia do nada, como se tivesse lido minha mente.

— Bem, você é que devia pegá-lo, amiga — eu lhe devolvo.

— A-há! Vou pensar nisso, mas agora tenho que voltar à outra escravidão, a consertar estragos na pousada, filhinha.

Também tenho que ir. Olho para os poucos manifestantes, um homem alto com pele morena e traços finos se aproxima e nos dá a última edição do jornal local *El Isleño*. A capa é uma foto em preto e branco do incinerador de resíduos sólidos, uma máquina alta com tubo frontal, representada com orelhas e tromba de elefante. Dou uma risadinha, *wuoy!*, diz Juleen: "Finalmente!". Este lugar é assim, uma dimensão onde o humor é uma tábua de salvação, um recurso vital de interpretação. Aqui está o artigo sobre as licenças de construção, eu comento, no sul eles vão construir um hotel enorme na zona rural, mesmo não havendo nesta ilha um só plano de segurança alimentar. Minha amiga franze a boca. Acredita-se que o Tribunal Constitucional proibiu as licenças de construção em San Andrés desde 1994, até que não se instalasse a empresa de tratamento de águas residuais e o esgoto, leio por alto.

— E você viu que temos alguma dessas duas coisas?

— Não — diz Juleen.

— E você viu que eles pararam de construir?

— Nããão! — e revira os olhos novamente.

— *Dat da dat* — digo a ela. — Eles são ilegais, Juleen, tecnicamente, toda nova construção é ilegal, piratas, amiga, a lavagem, o dinheiro, o Caribe sul-ocidental... — aperto o rosto com as mãos.

— E aonde vamos chegar com isso? Será que publicando essas informações alguma coisa acontece?

É uma boa pergunta. Também não sei se acontece. O sofrimento do velho encurvado me comove e sinto pena dele. Eu gostaria, devaneio, de pensar que o problema é que na mídia nacional não há notícias sobre essa bola de concreto teimosa que gira e roda e que vai nos esmagar, que a maneira de ver essas ilhas permanece sendo a da colônia, um pedaço de terra sem conteúdo que pode ser tratado centímetro por centímetro com cálculos feitos a distância. Isso está nos condenando. Funcionar como funciona um país continental é absurdo, talvez o naufrágio não seja iminente, se repensarmos as ilhas e limparmos uma estrutura social concebida para a exploração. Uma fórmula mágica. Mas digo isso da boca para fora e mudo o discurso, é preciso mandar tudo às favas, porque o altruísmo e a ignorância não combinam e faz tempo que ninguém sabe para onde isso está indo, esta ilha, este mundo que está todo muito parecido.

Minha amiga ajeita as tranças, ela não gosta que eu fale assim, mas é a verdade. Ninguém fará o que esses velhos desejam, que levem embora os continentais de uma vez por todas, que lhes deem um poder maior que o do departamento, uma supremacia étnica baseada no sangue, e que voltemos a uma economia de subsistência. Voltar a esse passado é impossível, só se apenas o amor fluísse pelas veias e mais pessoas pudessem imaginar a saída. "Nada, filhinha", digo, "vou ler para entender, para que não vejam minha cara de estúpida", aqueles, os que sabemos quem são, que assinam contratos e negociam com o bem-estar da maioria, uma maioria da qual passei a fazer parte.

Também vou encontrar uma maneira de fazer algo, vou fazer isso para poder dormir, para que os *duppies* não me repreendam. Talvez eu esteja enlouquecendo, Juleen ri sem entusiasmo.

Vou embora. Isso é pessoal, penso enquanto ando até a esquina do restaurante que há décadas deixa todo o quarteirão cheirando a gordura de galinha. Dou de cara com a estátua da mulher negra tomando sorvete, que empina a bunda sentada no banco em que os turistas vêm para tirar fotos com ela. E esses são nossos investimentos em infraestrutura, penso, ou em cultura? Essa é a representação da mulher islenha. Droga! "Moto!", grito quando vejo um cara de mangas compridas e capacete.

Sou uma passageira profissional de mototáxis, sem dúvida. "Olá, amigo", esse homem não sabe como localizar o endereço que eu lhe dou, ou seja, não tem occre. Aproveito e lhe pergunto sobre o bloqueio, mas ele não fala muito, apenas reclama que eles não deixam passar e acelera. De volta à minha viela em Sarie Bay, pago-lhe dois mil pesos e enfio a mão no fundo da mochila para pegar as chaves. O piloto também não demorou muito tempo na base, ali está sua caminhonete, me bloqueando. A porta da frente está aberta, observo dissimuladamente enquanto empurro a grade branca, abro a porta e um recibo que foi deixado entre as barras cai no chão do terraço, *wat di hell!* É a conta de luz mais cara que já recebi. Ouço o ruído de passos acelerados, e antes de fechar a porta de madeira começa a surgir uma sequência de bonequinhos de macacão verde-oliva, todos com óculos de sol pretos. São quatro ou cinco homens que esperam impacientes. Imagino as rotas de voo nessas pastas, o último a sair é o capitão que me levou. Ele está com pressa, seus passos são longos com os olhos fixos em algum ponto no chão, mandíbula cerrada, como quem faz uma operação complexa mentalmente. É o alfa. Ele pisa com seus sapatos impecáveis na calçada cheia de caienas murchas e se vira para mim antes de abrir a porta da caminhonete, também ele com um macacão verde-oliva.

— Senhorita — ele diz muito sério.
— Capitão? — eu respondo. E eles vão embora.

## XI. Crioulos e chuva

Novembro termina e os ventos fazem a casa inteira ranger. O calor é um incômodo do passado, as lajotas estão frias e ontem à noite eu tive que tirar do closet uma das colchas cor-de-rosa da minha mãe para poder dormir. Ontem as telhas de um vizinho voaram pelo ar. Depender do México, do que eu chamava de trabalho, tem sido cada vez mais difícil. Há duas grandes renovações pendentes, que levaram tempo, e tenho a sensação de que em breve minha amiga vai querer aumentar sua parte nas comissões se eu continuar nessa estadia temporária e indefinida. Estamos em mundos distintos. Talvez eu devesse vender minha carteira de clientes completa e me afastar de tudo, tomar uma decisão e seguir me aprofundando nesse que é meu ponto de partida. Eu poderia começar a viver simplificando as coisas, começaria novamente com seguros aqui, repetiria uma história de família, mas sei que em pouco tempo vou querer ir embora com o mesmo desejo da adolescência. Talvez eu deva fazer algo próprio, dar um destino a essas linhas, além de guardá-las para voltar a elas quando estiver velha, quando tiver esquecido tudo de novo e nas minhas memórias isso seja apenas um suspiro, um lapso de desorientação. Primeiro, no entanto, devo sobreviver a mim mesma.

Eu sou a ilha novamente, islenha com todos os emaranhados e as românticas fantasias. Em alguma de todas essas aventuras que empreendemos, talvez imaginemos juntos algo transformador. Isso é um consolo para mim, que tenho um corpo como esse, um sistema em *auto hacking*, sob um comando perpétuo de mover as engrenagens na direção errada. Sendo parte dessa dimensão tropical, sinto-me fraca. Nos últimos tempos não houve máquina ou regime que me regule para deter a hipoglicemia das madrugadas, quando o *duppy* não para de se mover, e minha mente, de elucubrar desenlaces para esta história. A casa continua me envolvendo, saio cada vez menos, mas talvez estar aqui também não me faça bem, e então é provável que não exista lugar algum no mundo onde eu possa escapar das recaídas, em que as esquinas sorriam uma atrás da outra.

Pensar num final bonito me custa cada vez mais, a imagem de uma cruzada de amantes assumindo o controle é cada vez mais insustentável, agora que toda a ilha me parece um naufrágio, como o que encontrei recentemente na minha escuridão. Ainda tenho aberto no computador o documento pelo qual descobri a morte do pai de Rebecca, num dia que a internet queria funcionar.

Digitei o nome de James Duncan Bowie entre aspas. A busca me mostrou apenas um resultado, era a transcrição de audiências de um processo de reivindicação de seguro. Perdi horas lendo o documento, entretida com as intervenções de parte e parte, como quem lê um bom romance. Não haveria um tema que essa sua neta poderia entender melhor.

Uma escuna em que J. Bowie viajava, a *Argonaut*, naufragou entre San Andrés e Bocas del Toro, algumas horas depois de ter zarpado. O capitão do navio defendia sua reclamação contra a empresa que negava, com razão, a existência de juros seguráveis. Eu cedi ao riso incontrolável até as lágrimas quando li o caso pela primeira vez, conhecido no tribunal de Maryland, em 1837, pensando que há duzentos anos já existia o que eu via como uma profissão continental, forânea e nova, a minha. Ri sabendo que, para minha sorte, a menção a Bowie nessa escritura de Baltimore obedece a uma "razão inexplicável", como diz o documento. O capitão se confundiu; pôs entre a lista de testemunhas o nome de James, o único desaparecido no naufrágio, em vez do nome do seu pai, "Torquil" Bowie, "governador ou pessoa principal da ilha de St. Andreas, pai do supracitado afogado no mar em meio à emergência". Não sei como um capitão pode confundir o governador da sua ilha com o tripulante que morreu no acidente, não sei, é uma coisa de *duppies*.

Imagino um jovem James Bowie encarregado das compras nos portos e cidades, fazendo diligências em Limón e Kingston, ao longo de toda a nação crioula. Só me faltava na família um navegante, que o neto de um escocês casado com uma mulher africana andasse em alto-mar entre sua ilha, os Estados Unidos e todo o Caribe sul-ocidental, num momento em que navegar seria a expressão máxima da liberdade do espírito humano, como o mar, sem fronteiras reais, apenas coibido por ficções fracassadas. Só me faltava que tivesse uma morte súbita e trágica, que uma tataraneta o reconhecesse por uma apólice de seguro que não estava em vigor. Esse é um caso como o que me ocorreu na cidade, no dia em que desmaiei ao chegar ao apartamento do meu ex. Um cliente pretendia pagar atrasado uma apólice de danos materiais, depois que o prédio já havia se incendiado. Acho engraçado, nego com a cabeça. Isso é um absurdo. O capitão da escuna pretendia que o indenizassem com uma apólice que realmente não cobria uma escuna, mas seu naufrágio. Essa é uma daquelas coisas que eu poderia questionar, penso, uma dessas coincidências na toca do iguana do *obiaman*. Eu sei que é inútil, além de muito chato, tentar entender o fluxo de coisas nesta ilha de uma maneira estritamente racional. É uma maneira idiota que o *duppy* tem de me dizer que as coisas estão disponíveis para quem quiser procurá-las, que é tarefa minha reivindicar as histórias, as histórias. Penso que é para isso que as coisas que escrevo podem ser usadas, embora minha história pareça inverossímil. Os islenhos achariam normal, pouco extraordinária, e os estrangeiros, rebuscada. Eu me detenho. Está na hora do credo, verifico meu monitor. Contra o teto começam a estourar, como balas, enfim, gotas d'água.

O telefone e o sinal de internet se tornaram ainda mais intermitentes, a tempestade não parou. Há três dias, os trovões fazem a casa toda tremer.

"Hoje à noite meu time joga contra o seu." De manhã Jaime me escreveu, embora só agora, ao meio-dia, quando por fim a chuva amainou um pouco, o celular toca. Seu voo chega à tarde, se chegar. "Ah, vá! Sua equipe!" Tiro sarro do *cachaco*, que me pergunta se eu quero alguma coisa de Bogotá. Se eu soubesse antes que estava voltando, teria pedido os sensores, mas agora é tarde demais. É a época do basquete, hoje, sábado, com chuva e tudo joga a equipe do Barrack contra a de North End. "Nós podemos fazer alguma coisa na minha casa, se você quiser." Não tenho vontade de ir a lugar algum, San Andrés com chuva é insuportável.

Os cristais do sal **177**

Estou surpresa com a normalidade da operação aérea. Jaime toca a campainha um pouco depois das seis, com cara de passarinho molhado. Esta tarde nem sequer chuviscou, até que uma ventania sacudiu os telhados e imediatamente começou a cair o mundo. Eu não lembrava como as tempestades do Caribe são estridentes. Todos os voos estão atrasados e os turistas, confusos porque aqui também chove e faz frio, se refugiam no aeroporto onde às vezes chove mais do que do lado de fora. Recebo o *cachaco* e o faço tirar os sapatos. Ele deixa a mochila grande no terraço e segue pelo corredor, ao lado da sala de jantar e em direção ao pátio, onde tira a camiseta. Ele tem um peito bronzeado e liso, firme, a tatuagem chega até seu ombro. Ele olha para mim entre os cílios encaracolados, eu lhe passo uma toalha, "você pode tomar banho, se quiser". As calças pingam, encharcadas, e sem aviso prévio ele abre o botão, abaixa o zíper e as tira. Eu sorrio e sem olhar para ele novamente viro as costas para subir ao banheiro. Mordo os lábios. Deixo outra toalha seca pendurada ao lado do chuveiro, falo para ele subir e vou até minha mesa para fingir que posso continuar lendo o plano de ordenamento territorial, enquanto Jaime sobe segurando com uma mão no quadril a toalha de praia de caranguejinhos laranja.

No computador, toca um reggae lento do Chronixx, ouço a água do chuveiro correr por um tempo até que pelo canto do olho volto a ver o garoto seminu, dizendo-me que vai lá embaixo procurar roupas secas na mochila.

Cozinho um macarrão com legumes e nozes. Jaime repete. Ele me pergunta se pode fazer café para depois do jantar, olho para ele um tanto curiosa, as mangas apertadas da sua camiseta, enquanto isso, os raios caem um após o outro e entram iluminando a sala pela porta que leva ao pátio. Ele me agradece, eu não conseguiria chegar ao morro com esse tempo, além disso é claro que não há nada na geladeira, ele diz enquanto ferve a água e lava a louça.

— Que bom que você aterrissou bem com essa tempestade — eu digo depois de outro estrondo. O bloqueio, quando já começava a preocupar os comerciantes com o risco de tumultos, teve que se desfazer no segundo dia de chuva.

— Eu sei, está forte — diz o garoto, e nos sentamos nos móveis de vime na sala que dá para a porta de correr. — É a primeira vez que sinto frio em San Andrés, acho que já sou islenho. — ambos estamos de calça comprida e camiseta, roupa que há alguns dias teria sido mortal, "mas não fique se achando, falta muito, falta muito", eu zombo.

Nesses últimos dias de novembro, choveu mais do que nos últimos três anos juntos, dizem os vizinhos. A partir dessa época e talvez até fevereiro, chegarão a San Andrés rajadas de frentes frias que cobrem o hemisfério norte e a temperatura será muito mais agradável mesmo durante o dia. É um alívio dormir sem ventilador. Penso assim, mas os bairros pobres perto do aeroporto já estão inundados até a cintura.

— Bem, já que estamos aqui, vou aproveitar — diz ele e se endireita imediatamente para pegar a xícara de café na mesa de centro —, de qualquer maneira tinha que falar com você, quero entrevistá-la para um artigo acadêmico, quando você tem tempo? — ele pergunta. Fiquei em silêncio por um momento e sorri sarcasticamente para ele.

— Bem, este é o melhor e o único momento — digo com uma piscadela.

Eu acho que sem muita vontade, Jaime se levanta descalço e vai até sua mochila, pega um caderno, uma caneta e um gravador. Volta ao seu lugar à minha direita e confere as páginas do caderno, enquanto abaixo o volume da música.

— Não — ele balança a cabeça e deixa o caderno de lado —, não vou fazer isso como fiz até agora — ele diz de repente.

— Ah, você vai sair da sua metodologia? — eu o questiono.

— Sim, vou sair da metodologia, simplesmente quero escutar como foi sua viagem de volta, qual é sua relação com a identidade da ilha, com o mundo raizal...

— Ah! — interrompo. — Não é fácil responder a isso, cara...

Um trovão bate com tanta força que toda a janela treme muito acima da música, de nós, de tudo. No mesmo instante se ouve a queda dos estabilizadores de voltagem quando a energia acaba. Ficamos totalmente no escuro.

— Mas aceito que talvez seja necessário — digo.

Há uma certa intimidade quando não há eletricidade, quando é noite e chove. Entre as sombras e o golpear furioso da chuva contra o telhado, forma-se uma atmosfera própria para se aprofundar, quase ninguém está lá fora, os barulhos são absorvidos pela força da água que cai, e quando a luz artificial irrompe de novo, você se sente um pouco decepcionado. Levanto-me para procurar velas.

Centenas de vezes, esqueci ou não quis comprar uma lanterna no supermercado. Encontro na gaveta da cozinha velas finas que serão consumidas em pouquíssimo tempo. Acendo várias e as disponho sobre algumas xícaras de chá de porcelana que ninguém nunca usou, e Jaime me ajuda a levá-las para a sala. A porta de correr treme de novo e cada vez mais. A essa altura, os cantos da casa também reclamam, e eu realmente aprecio que o *cachaco* tenha aparecido. E que tenha lavado a louça.

A música continua tocando, mais baixa, da caixa de som, voltamos a nos sentar, agora à meia-luz.

— Você sabia que a mulher de Bowie se chamava Sarah? — digo a ele enquanto tiro um baseado pronto de uma caixinha de metal.

— Sarah? Nome de princesa da tribo de Israel.

— Ah, é? Eu tinha pensado apenas na esposa de Abraão... — aproximo uma vela.

*Fechar, inspirar, exalar.*
*Repetir.*

Pego o monitor e me verifico. Jaime segue cada movimento. Na penumbra, seu rosto parece um pouco mais maduro, embora seus olhos grandes e curiosos o denunciem.

Está tocando "Skankin' Sweet", da voz de Chronixx, *everybody wanna feel irie*, canto o refrão, *forget your troubles and rock with me*. Uma rajada atinge a casa, o ímã, o cubo branco que começa a girar na minha mente.

— É isso que significa o nome; além do mais, muitos dos sequestrados na África eram príncipes, princesas ou guerreiros das suas tribos — Jaime pega a maconha. — Você sabe que os Asante vendiam o pessoal da tribo Fante e assim por diante — ele diz enquanto exala a fumaça branca.

— Sim, os príncipes eram os mais capazes de resistir à viagem, lógico.

Penso nos filmes que vi, daqueles homens e mulheres de peles cobertas com tintas naturais e perfurações, os olhares de grandeza e outros detalhes um tanto épicos que me fazem refletir sobre minha própria fraqueza. Puros estereótipos, afinal.

— Talvez desse vaivém, dessas vendas entre primos e irmãos, é que se formou o *crab antics*, esse mito de que aqui somos como caranguejos num balde, e não sei que mais — divago —, que alguns não deixam os outros sair, e que no final ninguém sai, e então...

Jaime solta uma risadinha junto com a fumaça e se recosta um pouco mais nos velhos móveis de vime que rangem.

— Isso eu não sei, mas as histórias da aranha Anancy estão entre o que seus antepassados trouxeram, vêm desses clãs, talvez Sarah — diz o nome com reverência — tenha contado algumas dessas histórias aqui.

Acho engraçado que ele fale sobre o *trixter*, o espírito zombeteiro e ganancioso de Anancy, aquela que tece armadilhas para sobreviver ou rir. *Pirate!* Olho para ele, que bebe delicadamente da sua xícara e me devolve o cigarro aceso.

— Sim, mas essas histórias não chegaram a mim, pelo menos não por causa do sangue, alguém as apagou.

Ponho o cigarro no cinzeiro rosa, recolho minhas pernas junto ao peito e me acomodo no espaldar, abraçando uma das almofadas. A chuva começa a me embalar, limpa minha mente.

— Bem, é disso que se trata a história das colônias, de receber apenas uma parte.

— A história de todos os lugares, Jaime.

Descolonizar-se, sim... descolonizar-se, despatriarcalizar-se, desarmar-se, desconstruir-se, digo, com um ar de zombaria, estico um braço para o teto e depois o outro. Esses são os chamados da juventude, afinal, aprender a questionar os costumes, olhar para eles de todos os ângulos.

Retirar a plantação do interior é uma tarefa geracional, deixar de perguntar pelas cores, reconhecendo-se nos rostos de outros, questionar as heranças, tudo isso, Jaime, eu digo. Não é suficiente omitir ou ignorar que o passado aconteceu de determinada maneira, você tem que conhecê-lo. Olho para as paredes brancas da casa, para os outros quartos vazios. Mas também é preciso superar isso.

— Você sabe há quanto tempo não caía uma tempestade dessas em San Andrés? Ugh! — mudo de assunto com um suspiro. Jaime ri e volta a me contar, espantado, como todos os passageiros se molharam do avião ao descer as escadas.

"Para voltar à sua pergunta de pesquisador, Jaime, acho que o raizal é uma etapa", paro por um momento, fecho os olhos. Sim, é uma etapa da descolonização, eu o vejo ligar o gravador, isso me deixa nervosa, não sei se o que vou dizer tem algum sentido. Acho que sim.

Eu falo.

Se todos nós que moramos aqui fôssemos uma só pessoa, se um coletivo desordenado e ferido pudesse se converter num indivíduo, estaríamos na etapa adolescente. Vou prosseguindo na minha história, imaginando um gigante avançando aos tropeções, feito de muitas pessoas pequenas.

Pense na palavra *raizal*, em espanhol. O espanhol é um idioma europeu, do colonizador. Por isso, há quem chame a si mesmos de *roothians*, como esses caras ativistas, porque, tacitamente, usando-se a denominação "raizal" aceita-se que é uma construção do Estado colombiano, que falha em integrar nossa relação com o resto do Caribe, embora no final se passe o mesmo com os "roothians". Pense no inglês britânico pelo qual anseiam os velhos como minha avó e também nos afros, outra língua imperial. A identidade de San Andrés é uma identidade em construção, como todas, é um erro pensar que é algo determinado, pensar isso é negar a nós mesmos quão complexos e humanos nós somos. Talvez ninguém nunca mude realmente, mas aprende a expressar outras partes de si mesmo. Mas você tem que nos deixar sentir. Paro por um momento.

Pense no crioulo, um idioma de resistência, resistência! Há glória nessa resistência, certo?, temos um idioma a conservar, é o legado de uma parte da nossa jornada até hoje, nos diz muito de como pensamos, de como nos relacionamos. O próprio crioulo vai mudando ao longo dos anos, ele não pode ficar quieto, continuará sendo caribenho, mutável, aberto. Aí está nossa riqueza. Eu sinto que aqui a nostalgia é uma armadilha. Muitos querem fazer voltar o tempo, inclusive até antes da colônia. Mas no fundo, não temos para onde ir, nem para a África nem para os turbantes. Todo o Caribe teve sua época de reversão, na qual desejava estar no velho continente, mas ali também não sabem quem nós somos. Você tem que aceitar isso e é ótimo aceitar, nós transformamos tudo.

Sento-me e a cadeira range novamente.

A resistência é o que nos definiu, o próprio medo é o que nos definiu. Talvez, para transcender na luta raizal, você tenha que aceitar o mundo, fluir no mundo, entender seu ritmo. A Colômbia não é a única coisa que existe lá fora, e a Colômbia sozinha não nos colonizou; aqui também se tomaram decisões e agora as consequências devem ser examinadas, com maturidade. Existe uma diferença entre aceitar o mundo passivamente, chorando e olhando pela janela, e se apropriar dele. Nós devemos conquistá-lo. Devemos entender que somos o todo e a parte, um reflexo de algo muito maior. Agora pedimos autonomia, e por que simplesmente não viver em autonomia? A autonomia é a expressão plena do nosso caráter, do nosso caráter exótico. Por que não fazer uso do que por direito nos pertence e dar à luz gerações que extrapolem nossas ideias limitantes? Na realidade, mesmo no marco legal colombiano existem muitas portas abertas para estabelecer nas ilhas um esforço diplomático próprio para nos conectar novamente com a Nação Crioula. Porque é disso que precisamos, subo o tom e me animo, voltar a nos reunir, saber que não estamos confinados.

Agito-me um pouco e digo coisas soltas, lembro de tudo o que ouvi sobre a corrupção dos governadores nativos nos anos 90, dos boatos sobre a venda de votos em benefício de projetos hoteleiros de alto impacto nas consultas prévias. Jaime continua em silêncio.

Tivemos pouca visão. O poder não é algo que se recebe, o poder se reclama e se toma, mas aqui nos emocionamos cada vez que o

Estado olha para nós e nos dá um prêmio de consolação, ou dinheiro, para nos distrair. Nós fomos o adolescente imediatista, agora temos que crescer. Ponto final.

— A Assembleia Nacional Constituinte teve raizais? — pergunta Jaime. Não, eu digo a ele, mas havia um grupo que fez pressão para que seus direitos especiais fossem reconhecidos através das delegações afros e indígenas.

Depois da Constituição de 91, voltamos a ter esperança no estado, mas esse estado é construído sobre uma nação também profundamente atravessada por questões espirituais, dividida, quebrada.

— Onde nos situamos nós, agora que a Colômbia já não vai sair daqui por nada? Eu estou aqui, você está aqui, outras milhares de pessoas com raízes fazem parte dessa história oficial, desse esforço para hispanizar San Andrés. De que serve a autonomia que o Estado concede se, por exemplo, em Bluefields roubam as terras das pessoas por interesses estrangeiros? — gesticulo no ar e levanto-me, para andar de cá para lá num pequeno espaço em frente à porta que sibila. Jaime me olha de cima a baixo. A Nicarágua deu autonomia à região dos crioulos, mas isso tem sido de pouca utilidade até agora.

Acho que o que precisa ser feito é se descolonizar, sim, deixar de olhar o Estado como um ponto de referência próprio e olhar para dentro. Começar a fazer diferentes escolhas de vida é reconhecer que resistir é inútil se o que se pretende é controlar o sistema, não sacudi-lo. Paro de falar e vou para a cozinha pegar um copo d'água. Vou servir outro para o garoto, que se levantou e me segue.

— Ei, esse é um pensamento muito anarquista — diz Jaime andando pelo corredor junto à sala de jantar.

É a única versão que me cabe, uma utopia.

Jaime, digo, hoteleiros são hoteleiros. Eles não vão deixar de querer construir hotéis, sejam de sobrenome Montero, Bashir, García ou o que seja.

Os comerciantes são o que são, não querem parar de vender bebida barata. Abro a geladeira e rapidamente retiro a jarra de água para que o frio não se espalhe.

Ninguém, nenhum governo, fará uma titulação coletiva de terras que afete a sensação de segurança dos contribuintes, ou sim? Estou lhe falando do estatuto raizal. Nem os continentais vão parar de entrar de maneira irregular se os sindicatos exigem trabalhadores que cobrem barato e que durem mais do que um mês no posto. Este país está ferrado, estamos numa situação delicada e a única forma de que este território prevaleça, de que a reserva se salve, é mudando profundamente, você tem que mudar o enfoque do dinheiro para o consumo, da riqueza para o bem-estar. Esse é um acordo social muito diferente daquele que temos em todas as partes. Você tem que conservar a floresta, semear, aproveitar a terra, reduzir a dependência. Temos que parar de alimentar uma cadeia de produção e consumo que só deixa lixo. Isso é o turismo de massa, disso ele se fortalece, da confusão, das divisões. Até certo ponto, a identidade foi uma distração. O nativo, o raizal, sabe melhor do que ninguém como voltar a esse equilíbrio, por isso é importante que seja reconhecido como guardião do território, mas deve se expandir por si mesmo, longe do Estado, ou esse monstro acabará absorvendo-o para sempre. Jaime olha para mim o mais atentamente possível, como a águia que se assoma pela manga da camiseta, sorrio entre minha ofuscação, visualizando minha fantasia se tornando realidade.

Aceitamos tacitamente todos os abusos, o peso de todos os projetos que nunca funcionaram. Pagamos impostos com dinheiro, porém o mais grave, pagamos com o futuro, endividando-nos com o que nem sequer nos pertence. Eu não quero ser isso, Jaime, falo para ele. Sou uma divisão, mas também uma diferença integrada, quero ser a comunhão de tudo. No meu sangue raizal, algo vibra com esse ritmo, e também no sangue árabe e no sangue continental. Reconheço isso. Sou migrações inteiras, histórias de guerras e de anseios que nunca vou conhecer em detalhes, isso somos todos nós quando tiramos nossas máscaras, quando deixamos de buscar segurança no que é falsamente estático. Tudo se moveu — Jaime olha para mim e eu continuo —, sempre, meus avós, os de todos, os filhos, os bisnetos, as fronteiras, o poder. Nós somos da Terra, e é isso que devemos honrar, essa chuva que esteve em todos os lugares ao longo de milhões de anos, o ar que respiramos, o mar que é o ventre de absolutamente tudo. É verdade. Eu nunca saberei toda a verdade sobre meus ancestrais, a mente não é a responsável por conectar os pontos, esse é um impulso do coração.

Uma rajada de relâmpagos antecipa um trovão ensurdecedor que me interrompe. Olho para ele, assustada.

— Ei, você acha que eu posso chegar à minha casa hoje à noite? — ele pergunta de repente, sério, olhando para o pátio, olhando para mim agora.

— E por que você quer chegar à sua casa hoje à noite? — eu respondo, hipnotizada.

Os olhos de Jaime brilham, ele entreabre os lábios, toma fôlego como se fosse dizer algo, mas volta atrás. Tira os copos suados das minhas mãos, dá um passo na minha direção e eu sinto seus pés roçarem os meus. O baixo do reggae se mistura com a vibração da chuva e, se não fosse por essa chuva, eu ouviria como bate o coração no seu peito. Por pura travessura eu fico quieta, não o toco até que esteja tão perto que um suspiro nervoso me escapa. Acabamos nos balançando lentamente, de novo como no reggae do dia do bloqueio, suas mãos não estão na minha cintura, mas acariciam meu rosto, ele me provoca, não me beija, mas o aperto dos quadris trai seu desejo e sinto uma vontade de manuseá-lo inteiro, de tocá-lo tanto que possa sentir sua alma. Jaime dobra os joelhos, fica mais perto de mim e é o ponto no qual toda a intenção é clara, eu aproximo minha boca e ele enlouquece com uma mordidela no lábio inferior, dobra os joelhos novamente para dançar mais perto de mim. Meus dedos roçam seu pescoço e o beijo finalmente é lento, muito lento, quente.

Devemos ter flutuado para cima, para a cama, as rajadas ululam forte e dissimulam gemidos, marcam um ritmo frenético enquanto os dedos de Jaime me alcançam e me fazem chover em cima deles. Jaime se contorce com essa umidade, me emociono com a expressão dos seus grandes olhos, surpresa. Ele se põe de pé me mostrando como está excitado, eu também me levanto e minhas costas grudam no seu peito, as mãos dele me pegam pela cabeça e me puxam para ele, ele morde meu pescoço e me vira, puxando meus cabelos enquanto me aperta na cintura com um braço, dobra os joelhos novamente, e eu sinto que nenhum outro amante existe. Nada mais existe, nem a chuva que não é minha, nem outro homem. Na frente do espelho, olhamos nos olhos um do outro entre as descargas dos raios. Eu preciso gritar, e grito muito, a força da tempestade não é capaz de conter o desejo de ambos, olhando-nos fixamente. Continuamos, até nos perdermos entre nossa própria mescla. Molhamos tudo.

## XII. Otto

Um apocalipse não é incomum, está dentro da curva normal que se estende e sulca a coleção de cenas prováveis nas dimensões do Caribe. Aqui estão todas as fantasias, as bonitas, as terríveis, o fascínio pelo desastroso. Isso é San Andrés, a praia como a das revistas, um privilégio desperdiçado. Aqui, o que é firme e constante se reduz como a terra se encolhe no inverno, como vai se formando um futuro deserto. Descobririam petróleo novamente, em milhões de anos, do azeite dos ossos e dos plásticos, vestígios de um brevíssimo mito do paraíso do qual nenhum registro permanecerá. Seremos, de novo, como sempre, um mistério.

Naquele dia, depois de cair desmaiados, nenhum de nós mencionou novamente a possibilidade de Jaime voltar ao Barrack. De manhã, acordamos com as pernas doloridas e a novidade de uma poça no térreo. Chovia sem parar, chove, a cisterna, cujos dez mil litros não se enchiam há anos, transbordou em questão de horas. Nós dois limpamos por um bom tempo.

Depois de olhar as fotos das lojas inundadas, dos proprietários tirando baldes de água, os vídeos das cascatas de água caindo dos telhados, as árvores saindo pelas raízes, fiquei agradecida por não ter nada a ver com seguros. Mas me dei conta de que preciso de novos sensores de glicose, e de que não há por onde eles cheguem.

Eu aceito resignada, não adianta nada sair daqui, fugir novamente. Sem resolver minhas questões, onde quer que eu vá serei uma ilha, negada e estranha, em qualquer novo destino terei o dever de contar uma história para me libertar. Quero estar aqui e testemunhar o momento em que um dedo invisível pressiona o botão de *reset*. É uma boa hora para assumir minha realidade, o aeroporto está fechado há uma semana, e o porto também.

Trezentos quilômetros a sudeste de San Andrés se formou uma depressão que se transformou numa tempestade tropical de um dia para o outro e começou a se mover depois de ficar estática, alimentando-se das altas temperaturas do mar. Perigo. Assim relataram as autoridades militares das ilhas, depois de qualquer plano de evacuação se tornar impossível.

A depressão tropical número dezesseis foi batizada mais tarde como Otto, o nome do primeiro imperador do Sacro Império Romano Germânico. Instituições, as instituições que nos destruam. Suas chuvas, é claro, apagaram o fogo do Magic Garden. E então seus braços ventosos moveram as montanhas, partes inteiras daquilo que não quisemos brotam nas estradas e becos. Eu nunca tinha visto um espetáculo mais triste do que quando o *cachaco* e eu decidimos sair de bicicleta até o quilômetro 3, para ver com nossos próprios olhos outra atrocidade, a quebra do emissário submarino. Pedalar foi difícil, mas foi mais difícil ver o tubo que evacua quinhentos litros por segundo de águas residuais não tratadas quebrado a cerca de cinco metros da costa. Pudemos ver a mancha marrom se destacar do mar tempestuoso. A brisa cheirava a fossa séptica e a água que espirrava nos deixou cheios de merda. Voltamos de bicicleta os três quilômetros percorridos enojados. Eu quase vomito a comida. A umidade da capa de chuva se tornou insuportável num ponto ao longo do caminho, eu senti meus olhos se anuviarem, talvez fosse a glicose, mas não medi. Chorei, desesperada, andando ao lado de pilhas de sacolas e latas coloridas, as novas coisas da paisagem. Toda a ilha, não sou eu sozinha, toda a ilha, esse projeto de progresso é uma fenda que a todo momento se abre. Com cada impulso do mar, o arrasto.

As tentativas de procurar táxis não davam em nada, ninguém iria ao centro. Eu entendi que não podíamos esperar que parasse de chover, precisávamos sacar dinheiro e fazer compras de supermercado, mas ninguém iria a nenhum lado, ninguém atendia o telefone porque todo mundo estava simplesmente tirando água das suas casas, água ou galhos, ou cabos de alta tensão quebrados, ou animais, vivos e mortos. Voltamos enregelados pela umidade, mas tivemos que aproveitar o amainar do vento e continuar pedalando. Então pensamos que a tempestade se desvaneceria, mas as rajadas ainda negavam a possibilidade de operações aéreas. Quando encontramos o caixa do bairro fora de serviço, o que não é de qualquer maneira novidade, continuamos entre as poças até o aeroporto. A pequena praia do espigão desapareceu, o próprio espigão e também a Johnny Cay estão perdidos entre nuvens cinza-escuras. O mar não é mais de safira e águas-marinhas, o sol é ofuscado pelo ônix preto do manto do imperador e agora o tesouro é de piritas escuras, de um cinza metálico que se lança com força até a rodovia. Não se vê a plataforma de exploração, talvez também tenha se desmantelado para sempre.

O que vimos no Rojas Pinilla foi vergonhoso. No piso molhado, papelões estendidos como assento para idosos em roupas de praia, a chuva esguichando aos jorros pelas goteiras, crianças adormecidas, mães com bebês de colo sem ter onde sentar-se. Havia centenas de pessoas, mil ou mais? Um cheiro de névoa fria, suor molhado e seco, um desastre humanitário. "Onde se vê o dinheiro que se paga por essa tarjeta de turismo, hein?", perguntava uma senhora a um repórter de rádio. Vários visitantes estavam se organizando para improvisar coberturas para o telhado e fazer mutirões de limpeza. Jaime e eu nos entreolhamos em silêncio. Cada dia, cerca de duas mil pessoas entram e saem da ilha, quantas haveria na verdade naquela sala? Depois de dias de tempestade, alguns dos visitantes represados foram levados para hotéis e pousadas que estavam disponíveis. Eu não sei quanto dinheiro os hoteleiros deixaram de ganhar, ou quanto o governo lhes pagou. O hospital está colapsado, operando entre quedas de energia e com poucos insumos. Jaime não parava de reclamar, surpreso pela incapacidade do Estado de garantir o desenvolvimento normal da vida. Em San Andrés, a verdade é que não existe o Estado, dizia apavorado, isso não pode ser.

Eu não falo mais nada, é chover no molhado.

Sei o que vai acontecer, de qualquer maneira, digo. Um dia, algum dia, a tempestade irá parar e se começará a calcular as perdas. A catástrofe será resumida à falta de infraestrutura, à corrupção dos últimos anos, ao de sempre, à atitude confiante do povo da ilha e, é claro, à superpopulação de continentais. Também atribuirei isso ao fato de sermos tão fracos por dentro, à mania de apontar com o dedo, à inércia, à incapacidade de ir além dos nossos limites, à zona de conforto. Juleen também apareceu no último supermercado aberto, procurando mais enlatados no último minuto. Frutas, feijões, palmito e azeitonas, sardinha, o que houver, prateleiras vazias e uma luta vigiada pela polícia para manter a ordem nas filas. Os soldados do batalhão ainda estão nas ruas, mas eles não vão estar lá no pior momento.

O olho luminoso do Otto nos alcançará? Nós não pensamos, insistiu Juleen, ninguém pensou que esse dia chegaria. Disse o que todo mundo diz, que os furacões nunca chegavam aqui.

Os pastores pregam que San Andrés está protegida, que nossa localização não é tão arriscada quanto a de Dominica, de Cuba ou do Haiti, que aqui nunca acontece nada. Muitos pensam que serão apenas essas inundações e nada mais. Nada acontece até que finalmente acontece, porque o mundo não é o mesmo de antes, Juleen, digo a ela. Eu a abraço e toco sua pele de mogno, as maçãs do rosto me doem. Embora toda a sua família esteja na casa dela, podemos ir se quisermos, ela nos convida para o morro, o único lugar seguro. As pessoas foram para as igrejas altas, para as escolas. Não, não posso sair da minha casa, minha casa me chama, clama por mim, o *duppy* me disse para ficar. O furacão vem de fora, amiga, do resto do Caribe, do mundo inteiro que estremece, vai nos abalar as estruturas, no norte e no sul. O Otto não fala em crioulo nem em inglês ou espanhol, mas no idioma universal falado pelos grandes finais, um idioma que soa como uma demanda de rendição ao incerto. Suas sacudidas nos farão tremer e nossos poucos metros acima do nível do mar não significam nada. Que venha o que vier, que venha a tragédia. Por fim.

O Otto recuperou as forças, é um furacão de categoria dois, diz o rádio, um leque afiado com ventos de cento e sessenta quilômetros por hora, suas rajadas alcançam duzentos por hora. A temperatura do mar ainda está muito alta, aumentando a pressão central, o olho se move a vinte quilômetros por hora. Será de categoria três em poucas horas, mas eu sei que alguns ainda acreditam que, ao nos tocar, o interior da ilha o destruirá irremediavelmente. A fé é admirável, teimosa e admirável.

Eu comemoro, entre minhas próprias trevas. Minhas seringas não vão durar para sempre, mas eu desejo que o trovão não pare, que os telhados continuem gritando, eu digo isso para Jaime, assim é que se tecem melhor os retalhos, na incerteza.

A eletricidade não voltará totalmente até daqui a alguns dias, quem sabe quantos, e as famílias vizinhas em Bluefields, e até em Puerto Limón e Cahuita, deverão sofrer todas da mesma maneira. O primeiro andar está inundado e é inútil gastar glicose tentando tirar a água. Penso no capitão, nos militares de novo, eu saberei, ele disse, saberemos o que vai acontecer com tudo. Penso em Rudy, na reclamação, na Europa. Acho graça. O Otto não se importa com isso, ele nem pensa em papéis ou acordos sombrios, só obedece ao seu presente, levantará a todos os crioulos juntos.

O vento rosna e a casa estremece de raiva, de tristeza, de felicidade? Libertação, as telhas voam. Jaime me abraça, me diz coisas no ouvido, ideias que serão perdidas na chuva. Eu falo de *Maa Josephine*, o que será que os dois pequenos estão fazendo? Será que estão se agarrando às suas saias? Eu a vejo se mover balançando entre as nuvens altas e escuras, voando com sua coroa de tranças, seus sussurros me alcançam em meio ao vento que sopra as janelas, o barulho silenciou o iguana do meu tataravô, mas eu posso ver todos eles à minha volta, aqui estão eles entre os raios sépia, cheios de felicidade, riem juntos Rebecca, Jerry, Torquel e Dumorrea, Rossilda, James, Sarah... há outros rostos, como o meu, homens e mulheres sem papéis nem nomes, multidões inteiras, silenciosas. Em paz. Então, que o olho revolva as bases com uma patada, que deixe apenas um espaço no qual soframos o suficiente para parar de ver o passado e suas margens e distinções, um espaço para recomeçar. Quero ver o desastre limpar tudo, os rastros de bandeiras, o registro de preconceitos, quero ver, mesmo que seja vestida de sépia, um reino de amantes libertários se instalar entre os restos das nossas máscaras. Josephine, ouço sua voz sedosa cantando num idioma novo, um coral segue você, e minhas lágrimas são de uma alegria dolorosa, como as de um parto, meu coração dispara. As injeções não resolvem nada, os monitores, as técnicas, os cálculos, os planos.

O Caribe é um umbigo, profundo, infinito... sussurro. Músculos firmes me apertam, a brisa de um hálito fresco me faz cócegas. San Andrés treme de êxtase. E eu tremo. Não sei que horas são, de que dia, a ficção do tempo também desapareceu e eu me deixo cair na espiral do cavalo-marinho.

Vejo os prédios finalmente cedendo, vejo uma grande onda chegando, então uma irradiação que me cega. Como são bonitos todos esses cristais no meu quarto. Não vejo mais nada. Ouço gritos. Deliramos.

Este livro foi composto em tipologia Adobe Garamond Devanagari, no papel pólen soft, enquanto *In the rain* tocava baixinho nas vozes de The Dramatics, na primeira madrugada de março de 2021.

*

O Brasil era considerado por muitos
um cativeiro a céu aberto para a dissipação do coronavírus.